徳間文庫

十津川警部捜査行

古都に殺意の風が吹く

西村京太郎

徳間書店

目次

冬の殺人　5
雪の石塀小路に死ぬ　93
琵琶湖周遊殺人事件　187
列車プラス・ワンの殺人　233
振り子電車殺人事件　301

冬の殺人

1

十二月十七日。

西本は、新しい京都駅に降り立った。いや、正確にいえば、昔のままの新幹線ホームにである。

ホームに降り立ったとたん、西本は、京都の冬の寒さを実感した。西本は、北陸の冬も知っているし、北海道の冬も体験している。

京都の冬は、そのどちらとも、違っていた。あの荒々しさは、どこにもない。風もない。ただ、ひっそりと、静かに、寒いのだ。

西本は、急いで、ホームから階段を降り、改札に向かった。

改札の外には、白井みずえが、迎えに来ていた。

「とにかく、詳しい話を聞きたい」

と、西本は、いった。

彼女の案内で、コンコースの中の喫茶店に入った。ホームから、ここへ来るまでの僅《わず》かの時間でも、西本の身体は、冷え切ってしまっている。

暖房の利《き》いた店内で、温かいコーヒーを飲むと、やっとリラックスした気分になった。

みずえは、運ばれたコーヒーには、手をつけず、

「ぜんぜん、手掛りがつかめないんです」

「本田が、泊まっている旅館の見当もつかないの？」

「ええ。いくら探しても、見つからないんです」

みずえは、疲れた表情で、いった。

西本の大学時代の友人、本田悟《さとる》からの速達が、恋人の白井みずえのところに届いたのは、昨日の昼間だった。

〈今、京都にいる。僕は、間違いなく、ここで、あいつに殺される。どうしようも

ない。君に、何とか助けて欲しいが、君には、どうしようもないだろう。

さようなら。もし、僕が死んだとわかったら、冥福《めいふく》を祈ってくれ。

本田　悟〉

わけのわからない手紙だった。

それで、彼女は、西本に助けを求めてきた。三人で、何回か、会ったこともあったからである。

西本は、すぐには動けなかった。それで、みずえが、その日のうちに、京都へ行き、本田を探すことになった。

西本は、上司に、休暇を願い出た。親友を助けたいといってだったが、許可されたのは、二日間だけの休暇だった。

そして、今、西本は、京都にいる。

「ここの警察には、話をしたの？」

と、西本は、みずえに、きいた。

「一応、あの手紙を見せました。でも、警察の人も、どう対応していいかわからない様子でした。一応、探してみるとは、いってくれましたけど。彼の写真も、渡しておきました」

「どうしていいかわからないというのは、当然かもしれないな。殺されるといいながら、その理由も、殺そうとしている人物の名前も、書いてないんだからね」

「でも、彼は、冗談や、いたずらで、こんな手紙をよこしたりはしない人です」

「ああ。わかってるよ」

西本は、肯いた。

本田のことは、よく知っている。いや、知っているつもりだった。

大学時代、西本と本田は、よく遊び、飲み、ケンカをし、もちろん、勉強もした。卒業後、西本は、警視庁に入り、本田は、雑誌社に入った。大学時代も、同人誌を仲間とやっていたくらいだから、マスコミへの就職は、当然の進路だったのだろう。

その後も、西本は、本田と何回も会っているし、恋人のみずえにも、紹介された。雑誌社での仕事の内容について、西本は、殆《ほとん》ど聞いたことはなかった。本田の方も、西本の刑事生活について、あれこれ聞いたことはない。

今回のことがあって、西本は、本田が勤めていた「月刊日本」の田島という編集長に、電話で問い合わせてみた。

仕事上の問題で、本田が、何か、悩んでいたのではないかと、思ったからである。

ところが、驚いたことに、田島は、

「本田君は、ここ一週間、無断で、休んでいるんですよ」

と、いうのだ。

「一週間も、休んでいる理由は、わかりませんか？　何か事件に巻き込まれたらしいとか、借金を作って困っていて、姿を消したとかですが」

「いや、そういうことはないと思いますね。それらしい話は、何も聞いていませんから」

と、田島は、いった。

そのやりとりを、みずえに話すと、

「私も、彼が、一週間も、会社を無断欠勤してたなんて、知りませんでしたわ」

と、彼女は、首を小さく振った。ただ、彼のマンションに電話しても、出ないので、心配はしていたという。そして、突然、京都から、あの手紙が届いたのだと、みずえは、いった。

消印は、京都の中京《なかぎょう》郵便局。それで、みずえは、京都に着くなり、中京区のホテル、旅館を調べて回ったのだが、本田は、見つからなかった。

西本は、駅前のレンタカー営業所で、白のカローラを借り、それに、みずえを乗せた。

「二日間しか、休暇は取れなかった。その間に、本田を見つけ出したい」

と、西本は、いった。

京都のどこを探していいか、見当もつかなかったが、ともかく、中京郵便局へ行ってみることにした。

走り出して、すぐ、みずえの携帯電話が、鳴った。

本田からかという感じで、みずえの顔が、輝やいた。西本も、道路の端に、車をとめた。

みずえの顔は、すぐ、固い表情になった。相手は、本田ではなかったのだ。

「はい。白井みずえです。はい。それ、本当なんですか?」

彼女の声が、ふいに、甲高くなった。

「すぐ行きます。渡月橋《とげつきょう》へ行く途中なんですね? 地図を持ってますから、何とか行けると思います。四条通《しじょうどおり》を、まっすぐ、西に向かって走って、桂川《かつらがわ》にぶつかったら、右へ曲がるんですね」

それで、電話を切ると、みずえは、まっすぐに、西本を見た。

「彼に似た死体が見つかったんですって――」

「ここの警察からの連絡か?」

「ええ」

「信じられないな」

「とにかく、行ってみたい――」

と、みずえが、いう。

彼女の持っている京都の地図で、場所を調べ、西本は、車をスタートさせた。

まず、四条通に出て、西に向かう。京都の町は、わかり易い。

紅葉の季節が終わって、観光客の姿も、少なくなっているのだろうが、それでも、主要道路の四条通は、車で、混んでいた。

堀川《ほりかわ》、千本通《せんぼんどおり》と、走り、やがて、桂川に、ぶつかった。

そこで、右に曲がる。

川沿いの土手の上の道路である。まっすぐ進めば、渡月橋にぶつかる。

川沿いの道を、五、六分も、走ると、パトカーが、二台、並んで止まっているのが見えた。

西本は、そのうしろに、レンタカーを、とめた。

みずえと、車から、おりた。とたんに、冷気が、身体を押し包む。陽は当たっているのだが、桂川から、吹きあがってくる風は、痛いほど冷たかった。

広い河原の一カ所に、人が、集まっていた。

「あそこらしい」

と、西本は、いい、みずえと一緒に、河原へ降りて行った。

雑草に蔽《おお》われた河原を、人垣に向かって、歩いていく。

刑事の一人が、振り向いた。その男に向かって、みずえが、

「白井みずえです」

と、声をかけた。

「こっちへ来て、見て下さい」

その刑事が、大声で、いう。

人垣の中に、若い男が、一人、仰向けに横たわっていた。

西本が、のぞき込もうとすると、刑事が、

「あなたは？」

咎《とが》めるように、きいた。

「本田悟の友人で、西本といいます」

西本は、警察手帳を見せた。相手は、眼を大きくして、府警の井上ですと、名乗っ

た。

その間に、みずえは、死体を、じっと見てから、

「違います。本田さんじゃありませんわ」

と、いった。

西本も、横からのぞき込んで、首を横に振った。年齢は、本田と同じ二十五歳くらいだし、顔立ちも似ているが、本田ではなかった。

「違いますか。しかし、コートのネームは、本田になっているし、キャッシュカードも持っていたんですよ」

と、井上刑事は、いった。

井上のいうとおり、男のコートの裏を返すと「本田」と、ネームが入っていたし、「ホンダサトル」のキャッシュカードも、見せられた。

「身元を示すものは、この二つしかなかったので、捜索願が出ている本田悟さんではないかと、思ったんですがねえ」

「別人です。死因は、何ですか？」

「背中から、刺されています」

「殺人ですか？」

「そうです。殺人事件として捜査することになります」

と、井上刑事は、いった。

みずえは、別人とわかって、ほっとした表情になっていたが、井上から、

「このキャッシュカードと、コートは、あなたの知っている本田さんのものですか？」

と、きかれて、また、硬い表情に戻ってしまった。

「彼の持っていたキャッシュカードも、それと同じM銀行のものです。それに、コートにも、見覚えがありますわ」

「となると、なぜ、この仏《ほとけ》さんが、持っていたんでしょうね？」

「わかりません。本当に、わからないんです」

「この男の顔にも、見覚えはありませんか？」

「ありませんわ」

「僕も、見覚えはありませんよ」

と、西本も、井上刑事に、いった。

2

西本と、みずえは、太秦《うずまさ》警察署に、同行した。

府警の井上刑事が、いろいろと、聞きたいことがあると、いったからである。

井上は、問題の手紙をコピーしたものを、前に置いて、

「この手紙のこともありますし、コートのネームや、キャッシュカードのことを考えると、桂川の河原で殺されていた男と、本田悟さんとは、何らかの関係があると、思わざるを得ないのですよ」

と、西本と、みずえに、いった。

「わかります。僕も、同じように、考えますから」

と、西本は、いった。

「しかし、顔に見覚えがない？」

「ありませんね」

「私も、いくら考えても、前に、見たことのない人です」

と、みずえも、いった。

「すると、どういうことになるんでしょうか？」

井上は、西本に、きく。

「どこかで、あの仏さんが、本田から、奪ったということが、考えられますね。キャッシュカードを盗み、コートを盗んだということです」

西本が、いった。

「なるほど」

と、井上は、肯いてから、

「とにかく、あの仏さんの身元が割れれば、何か、わかると思うので、まず、指紋の照合をしてみるつもりです。身元がわかった時点で、また、連絡したいと思います」

「今日と、明日は、京都にいるつもりです」

と、西本はいい、みずえの携帯へ電話してくれれば、自分にも通じると、井上刑事に、いった。

太秦署を出ると、昼近くなっていた。

西本は、みずえを車に乗せ、一度行ったことのある渡月橋近くの湯どうふの店に、連れて行った。

奥が、個室になっている。そこに入って、二人は、湯どうふを食べた。

「死んだのが、彼でなくて、ほっとしたんですけど、考えてみると、心配になってきましたわ」

みずえが、箸《はし》を置いて、いう。

「本田のキャッシュカードを持ち、彼のコートを着ていたから？」

「ええ。西本さんだって、いろいろ、考えてしまうでしょう？　あの男が、彼から、奪ったんじゃないかって、いっていたじゃありませんか」

「可能性として、考えられるからね」

「彼を殺して、奪ったということも、考えられるわ」

「そうだね」

「そうだとしたら――」

「可能性は、二十パーセントぐらいだと思っている。もし、あの男が、本田を殺したとすると、キャッシュカードを奪うことはあるかも知れないが、コートを奪うということは考えにくいからね。あのコートは、新品じゃないし、高いものでもない。七、八千円で買えるんだ」

「そうだとしたら、なぜ、彼のコートを着ていたのかしら？」

「こういう推理だってある。本田が、何か理由《わけ》があって、身をかくしたい、自分が死んだことにしたいと考え、自分に、背格好の似た男に、コートを着せて、背後から、刺し殺し、ポケットに、自分のキャッシュカードを、押し込んでおいた。そういう可能性だ」

と、西本は、いった。

みずえは、険《けわ》しい眼になって、

「彼が、人殺しをしたというんですか？」

「あくまで、可能性として、いってるんだ。僕だって、彼が、そんなことをしたとは、思っていない」

西本は、苦笑しながら、いった。

あらゆる可能性を考えるのは、多分、刑事としての本能みたいなものだろう。ただ、みずえにしてみれば、そんな考えは、親友らしくなく思えたに違いなかった。

「これから、どうしたら、いいんでしょうか？」

みずえは、頼りなげに、きいた。

「今度の殺人事件は、こんなことをいっては、不謹慎かも知れないが、本田を探すには、プラスだったと思うね。ただ、いなくなった人間を探してくれといっても、京都府警は、動きようがない。だが、殺人事件になった。京都府警も、必死になって、被害者の身元を調べるし、本田の行方も探してくれるはずだからね」

「それで、見つかるでしょうか？」

「見つかると、思っている。それより、事件が、新聞に出れば、彼は、名乗り出てくるはずだよ。生きていて、殺人に関係がないんならね」

と、西本は、いった。

「彼が、殺すはずがないわ」

「僕も、そう思っているが、そうだとすると、君が、心配したように、彼は、襲われて、キャッシュカードと、コートを奪われたことになってしまう」

「――――」

みずえは、黙ってしまった。

仕方なく、部屋の外に眼をやった西本は「あっ」と、小さく声をあげた。

「雪だ」

その声で、みずえも、窓の外に、眼をやった。

窓から、桂川に面した通りが見える。その景色の中に白いものが、ちらついているのだ。

寒い、寒いと思っていたら、とうとう粉雪が、舞い始めた。京都の初雪だろう。

一瞬、西本は、本田のことを忘れて、その景色に見とれてしまった。

その粉雪の中を、追われるように、観光客を乗せた人力車が、走り過ぎて行った。

「雪が降ってきたっていうのに、彼は、どこにいるのかしら」

みずえが、腹立たしげに、いった。

食事は、すんだのだが、この温かい部屋から、外に出るのが、おっくうで、西本は、床柱《とこばしら》にもたれて、煙草に火をつけた。

「本田が、どうして、突然、京都にやって来たのか、その理由でも、わかればなあ」

と、西本は、呟《つぶや》く。

「観光じゃないわ。それなら、私を誘っているはずだから」

みずえが、いう。

そのとおりだろうと、西本は、思う。しかし、彼が、ひとりで来たのかどうかは、わからない。みずえ以外の女と一緒だったかも知れない。が、その考えは、口に出さなかった。

みずえは、ハンドバッグから、携帯を取り出して、どこかにかけていた。が、小さく溜息《ためいき》をついて、

「駄目だわ」

「本田の携帯にかけたのか？」

「ええ。ずっと、かけているんだけど、出ない。スイッチが入っていないのよ」

「彼は、君の携帯の番号を知っていると、いってたね？」

「ええ」

「彼が、今、苦境に立っているのなら、君の携帯にかけて、助けを求めるんじゃないかな？　いや、それよりなぜ、彼は、君に電話してこないで、手紙をよこしたんだろう？　それが、わからないんだよ」

「そうですよ」

と、みずえも、肯いて、

「彼から、手紙をもらったことなんて、殆どなかった。前に、彼が、雑誌の取材でヨーロッパに行ったときだって、手紙は、書かずに、一日一回、国際電話をしてきたんです。本当に、どうして、今回に限って、速達なんかくれたのかしら？　大変な時なら、余計、電話してくればいいのに」

「あの手紙は、彼の筆跡に間違いないんだろう？」

「ええ。西本さんだって、そう思うんでしょう？」

「ああ。そう思っている。もちろん、絶対だとは、いい切れないよ。僕は、筆跡鑑定の専門家じゃないから。それで、あの手紙を、本田が、書いたとして、なぜ、電話せずに、手紙を書いたかということになるんだが――」

「西本さんは、どう思うんです？」

「わからないが、例えば、本田が、君に電話できない状況にいることだって、考えられる」

と、西本は、いった。

「電話をできなくても、手紙を出せる状況にいたということですか？」

「そうだ」

「よくわからないけど――」

「彼が、誰かに、この京都で監禁されていて、電話をかけることは、許されなかった。ただ、手紙を書くことだけは、許されていた。そういう状況も考えられる」

西本は、煙草の煙を眼で追いながら、いった。

「じゃあ、あの手紙を、投函したのは、その犯人だということですか？」

「そうなってくるね」

「そんなこと、想像できません」

「だけど、状況から、推理できるのは、そんなことだよ」

「でも、どうして、京都に?」

「手紙の文面を見ると、彼が、喜んで、この京都に来たとは、思えない。多分、いやいや、来たんだと思う。脅かされて、来たのかも知れない。何か、それらしいことを、本当に聞いていないの?」

「ぜんぜん、聞いていない——」

「よく考えて。何気なく、京都という地名を、彼が口にしたことは、なかったかな?」

「覚えていません。とにかく、彼のことで、心配したことなんか、なかったわ」

「彼も、男だよ。君とつき合う前に、女がひとりもいなかったということは、考えられないんだ」

「それは、そうですけど——」

「その女と、気まずいことになってしまっていたのかも知れない。そういうことで、君に心配かけたくないので、君には、何もいわなかった——」

「——」

「その女は、京都に住んでいるので、話をつけに、君には内緒で、京都にやって来た」

「ええ」

「ところが、話がこじれてしまった」

「その女が、彼を、監禁したというんですか？」

「彼女に、悪い男がついていたってことだって、考えられるよ。別れ話がこじれて、そいつが、怒って、本田を監禁してしまった。ただ、そのまま監禁していたのでは、東京の友人や、君が、心配して、探し始める。それで、本田に、君への手紙だけは、書かせた――」

西本は、そこまで話してから、急に、自分でも、話の辻褄《つじつま》が合わなくなったのに気がついて、

「これは、あくまでも、想像だよ。僕自身、このとおりだとは、思っていない」

と、いった。

気が重くなっただけだった。みずえだって、不安を大きくしただけだろう

「雪が止《や》んだみたいだね」

西本は、煙草を消した。

「ほんとう」

みずえも、救われたように、窓の外に眼をやった。

3

翌日、西本は、祇園《ぎおん》にある旅館「きくや」で、眼をさました。

八時に、食堂へ行くと、みずえが、すでに腰を下して、朝刊に、眼を通していた。

西本を見ると、それを、黙って、差し出した。

昨日の夕刊に、簡単な記事は、のっていたのだが、朝刊には、詳しくのっている。

本田のネームの入ったコートを着ていたことや、彼のキャッシュカードを持っていたことも、書かれ、みずえの持って来た本田の写真も、小さくのっていた。

〈——被害者の身元はいぜんとして、不明のままだが、被害者が、なぜ、本田さんのキャッシュカードを持ち、本田さんのネーム入りのコートを着ていたのか、謎である。京都府警は、被害者の身元の割り出しと、本田悟さんが、現在、どこにいるのか、果して、無事なのかについても、その捜査をすすめている。なお、本田さんのフィアンセのMさんも、京都で、本田さんの行方を探しており、もし、本田さんの所在を知っている人がいたら、警察なり、新聞社、テレビ局に、連絡して下さる

ように、希望している〉

西本は、読み終わると、新聞を、隅において、煙草に火をつけた。

もし、本田が、生きていれば、この新聞を読んでいるかも知れない。テレビのニュースを見ているかも知れない。

自由な境遇で、見ていれば、少なくとも、みずえの携帯には、かけてくるのではないか。

西本は、彼女が脇においている携帯に、眼をやった。鳴れば、それが、本田からの連絡だろうと、じっと見つめたが、いつまで待っても、携帯は、鳴らなかった。

仕方なく、食事を始める。

（なぜ、本田は、京都に来たのだろうか？）

結局、疑問は、そこにいってしまう。脅迫されてやって来たのか。それと
え以外の女と一緒にやって来たのか。

なぜ、京都なのか。京都と、本田との関係も、西本には、想像が

本田が、雑誌社で働くようになってから、つまり、卒業し
は、会っていた。一緒に、夜を徹して、飲んでいたこと

ともある。だが、京都について話した記憶はなかった。

本田と二人、一緒に、京都へ行ったこともない。

本田の生まれたのも、京都ではない。一つ一つ、本田と京都との関係を、思い出そうとするのだが、思い出せないのだ。それだけ、本田と、京都との関係が、稀薄《きはく》だということになるのだろう。

本田の雑誌は、綜合雑誌である。

雑誌の記事のことで、脅迫されたのだろうか。

食事をすませてから、西本は、本田のいた雑誌社に、電話をかけてみた。

編集長を呼んでもらい、

「最近、本田さんが、京都を取材して、記事にしたことは、ありませんか？」

と、きいた。

「京都――ですか？」

「ええ。京都に住む人間か、関係のある人間を、批判したような記事です。特に、署名記事が、ありませんでしたか？」

「京都ねえ」

と、電話の向こうで、編集長は、考えていたが、

「記憶がありませんよ。今年の京都の祇園祭を取材してのせましたが、それは、別の記者の書いたものです」

「何という記者ですか？」

「小林恵太。年齢もいいましょうか？」

「お願いします」

「四十二歳。ベテランの記者です」

「今、そちらに、いますか？」

「ええ。三メートルほど離れた机で、仕事をしていますよ」

と、編集長は、いった。

あの死体ではないのだ。

(参ったな)

と、西本は、思った。京都とのつながりは、見つかりそうもない。

窓の外を見ると、今日も、どんよりと、空が重く、今にも雪が降ってきそうだ。

「今日は、どこを、探したら、いいのかしら？」

みずえが、きく。

「まず、京都府警に行ってみよう」

と、西本は、いった。

「どうして？」

「向こうは、現場周辺の聞き込みをやっているはずだ。その結果、何かわかったのなら、それを知りたい」

「教えてくれるでしょうか？」

「君も、当事者の一人だよ。府警だって、君の助力が、必要なはずだ」

三十分ほど休んでから、二人は、レンタカーで、京都府警に行き、井上刑事に会った。

「何かわかりましたか？」

西本が、きくと、井上は、申しわけなさそうに、

「たいしたことは、わかりませんが、例のキャッシュカードについて、M銀行に問い合わせました。すると、預金の残高は一万五千円とわかりましたが、気になったのは、十二月十六日に、百万円が、引き出されたことなんです。カードを使って、京都のM銀行中京支店でです。それで、残りが、一万五千円になってしまった」

「十六日というと？」

「あの男が、殺される前日です。ただ、あの男は、財布に、八千二百円しか持ってい

ませんでした」

と、井上は、いう。

「すると、あの被害者が、百万円を引き出したかどうか、わからないということですね？」

「そうです。あの男を殺した犯人が、奪ったのかも知れません」

「カードの暗証番号は、わかりますか？」

「１０１８です」

「彼の誕生日だわ。十月十八日」

と、みずえが、いった。

「そうですか。そうなると、本田悟さん本人が、引き出したということも、考えられるわけですね」

井上刑事が、眼を光らせて、いう。

（本田本人が、百万円を引き出したとなると、どういうことになるのだろう？）

西本は、窓の外に、眼をやった。

答は、見つかりそうもないが、彼が、死んだという可能性が、大きくなってくることだけは、確かなのだ。

また、白いものが、ちらつき始めた。京都も、本格的な冬に入ったらしい。

西本は、寒いのは、苦手だが、京都の雪景色は、好きだった。何よりも、人の少ないのがいい。

「彼のことで、何か、通報がありました？　新聞には、彼について知っている人は、警察か、新聞社、テレビ局に、通報して欲しいとありましたけど」

と、みずえが、井上に、きいている。

「新聞社に二回、警察に一回、電話がありました。京都駅で、似た人を見かけたとか、桂川の河原を、若い女と歩いていたとかいったものでしたが、調べてみると、すべて、信頼できないものでした」

「M銀行の中京支店で、百万円おろした人は、防犯カメラに、写っていないんですか？」

と、みずえが、きく。

「それも、もちろん、調べてみました。おろした時間が、だいたいわかっていますからね。ところが、そこに、写っているのは、十五、六歳の少年なんです」

「少年って、どういうことなんですか？」

「多分、いくらか金を与えて、その子に、おろさせたんだと思うのですよ。今、その少年を、探しているんですが」

「じゃあ、おろしたのは、彼じゃありませんわ。本人なら、そんなことをする必要がありませんもの」

「しかし、何か理由があって、本田さんは、自分が、おろしたことを知られたくなかったのかも知れません」

井上刑事が、いっている。

その時、電話が鳴って、井上が、受話器を取った。

彼の声が、急に、緊張したものになる。

「わかりました。すぐ、行きます」

井上は、電話を切ると、窓の傍にいる西本に向かって、

「また、殺人事件です。一緒に、行きますか？」

と、きいた。

「なぜ、一緒に？」

西本が、首をかしげた。

「死体が、本田悟の免許証を持っていたそうです」

4

パトカーの中で、みずえが、蒼《あお》い顔で、井上に、

「彼が、死んだんですか？」

「わかりません。死んだのは、若い男としか、まだ、わかっていませんから」

と、井上は、いった。

粉雪が、風に飛ばされている。パトカーが、スピードをあげると、粉雪は、猛烈な勢いで、フロントガラスに、ぶつかってくる。

パトカー二台は、京都の北の鞍馬寺《くらまでら》に向かって、走り続けた。

気温は、どんどん下《さが》ってくるのか、それにつれて、雪も、大粒になった。

すでに、周囲の景色が、白くなり始めている。

鞍馬寺へ通じる道の途中に、先行したパトカーが、一台とまっていた。

西本と、みずえの乗ったパトカーも、その傍でとまった。

二台のパトカーから、井上たち、府警の刑事たちも、降りて来て、道路から、外れた林の中に入って行った。

昼間だが、この天気で、林の中は、どんよりと、暗い。

前方に、刑事の姿が、見えた。

死んでいるのは、西本と同じくらいの若い男だった。だが、その顔は、潰《つぶ》されて、血まみれだった。

みずえが、思わず、顔をそむけた。

「背中を刺されているよ」

と、先にいた刑事が、井上に、説明する。

「運転免許証は？」

「これだ」

井上は、受け取ったものを、西本にも見せた。

間違いなく、本田の運転免許証だった。

「他に、所持品は？」

と、西本は、井上に、免許証を返してから、きいた。

「二十万円の入ったM銀行の封筒です」

と、刑事の一人がいい、それも、見せてくれた。

間違いなく、M銀行の封筒で、中に、二十枚の一万円札が、入っていた。

「多分、十二月十六日に、中京支店で、カードでおろされた百万円の一部でしょう」

と、井上が、西本に、いった。

みずえは、死体の傍に、しゃがみ込んでしまっている。雪が、林の中にも、まばらに落ちてきて、彼女の肩を濡《ぬ》らし、死体に少しずつ、積っていく。

「死体の下は、濡れていませんから、殺されたのは、雪の降り出す前だな」

と、刑事の一人が、井上に、話している。

西本は、みずえを抱き起こした。

「殺されたのは、本田じゃないと思うよ」

と、彼は、励ますように、彼女に、いった。

「でも、彼の免許証を持っていたんでしょう?」

「前の死体も、彼のキャッシュカードを持ち、彼のネームの入ったコートを着ていたんだ。だが、彼じゃなかった」

「ええ。でも、どうして、こんなことになるんです? なぜ他人が、彼のキャッシュカードを持っていたり――」

「その理由は、僕だって、知りたいんだ」

西本は、怒ったように、いった。

雪は、降り続いている。ふいに、頭上で、音がして、どさっと、雪のかたまりが、落ちてきた。

死体は、大学病院に、司法解剖のために、運ばれることになった。

西本たちも、パトカーに、戻った。身体は、完全に、冷え切ってしまっている。

運転している刑事が、暖房を強くした。走り出したパトカーの中で、井上刑事が、

「河原で殺された男の司法解剖の結果を、まだお話ししていませんでしたね」

と、西本に、いった。

「死亡推定時刻は、十二月十七日の午前四時から五時の間です。背中を、ナイフで、三カ所刺されており、その一つは、心臓にまで達していました。それが、致命傷です」

「背中から、心臓に達した傷というと、犯人は男ですか」

「多分そうでしょう。しかし、女でも、力の強い女がいますが」

と、井上は、いった。

「今回の男も、背中を刺されているんですね」

「殺しの方法は、似ています。それを考えると、同一犯の可能性が高いと思いますね」

と、井上は、いってから、

「本田さんは、どうして、京都へ来たんですか？」

と、西本に、きいた。

西本は、雑誌社の編集長にきいた話を、そのまま、伝えた。

「いくら考えても、本田が、京都へ来た理由がわからないのですよ。無断欠勤をして、京都へ来たのですから、暗い想像しか出来ないんですが」

「西本さんは、親友だったんでしょう？」

「大学時代はね」

「本田さんは、どんな性格なんですか？」

「僕の知っている本田は、正義感が強くて、優しくて、ちょっと、だらしのないところのある普通の男ですよ」

「前科は？」

「ああ、指紋の照合ですか？　ありませんよ」

と、西本は、いった。

「前科なしですか」

「最初の男の指紋の照合もしたんでしょう？　結果は、どうでした？」

「まだ、警察庁からの回答は、来ていません。その回答に、期待しているんですがね」

西本と、みずえは、捜査本部まで、同行した。

二人目の殺しについても、ここで、捜査することになるだろう。誰が見ても、同一犯の犯行と想像されるからだ。少なくとも、関係があることは、わかる。

西本たちがいる間に、三条警察署の警官が、ひとりの少年を、連れて来た。

「例のカードで、百万円をおろした少年です。名前は、坂田健。十五歳です」

と、井上刑事に、いう。

井上と、西本が、少年を見つめた。

アメリカのバスケットボールチームのブルゾンを着た、普通の少年に見えた。

井上は、少年を、椅子に腰かけさせた。

「M銀行の中京支店で、百万円おろした時のことを、話してくれ」

「頼まれたんだ」

「誰に？」

「若い男の人。歩いていたら、いきなり、声をかけられたんだ。このカードで、百万円おろしてきてくれって。お礼に、二万円もらったよ」

「それで、百万円おろして、その男に、渡したんだな？」

「ああ。渡した」

少年は、別に、悪いことはしていないと思っているらしい。確かに、法に触れることはしていない。

「君に、頼んだ男だが、顔は覚えているかね？」

井上が、きいた。

「よく覚えてないよ」

「なぜ？」

「サングラスをかけて、大きなマスクをしてたんだ。カゼをひいてると思った」

「この人じゃなかった？」

みずえが、少年に、本田の写真を見せた。

「わからないよ。今いったように、サングラスと、大きなマスクをしてたんだ」

少年は、同じことを、繰り返した。

「その男は、銀行の前にいたのか？」

と、西本が、きいた。

「ああ。あの銀行の現金預け払い機コーナーの前にいたんだ。そして、僕に、声をかけてきたんだ」

「君が、百万円とカードを渡したあと、その男は、どうした？」

「タクシーをとめて、乗って行ったよ」

「どんなタクシーだ？」

「四ツ葉のクローバーのマークのタクシー」

「時刻は？」

「昼少し前だったかな」

「そのタクシーを探しましょう」

と、井上が、西本に、いった。

京都には、大手のタクシー会社が、数社ある。四ツ葉のクローバー印のタクシーは、その一つだった。

井上が、そのタクシー会社に、当たってくれた。十六日の昼少し前に、M銀行中京支店前で、若い男、サングラスをかけ、大きなマスクをした男を乗せたタクシー運転手はいないかとである。

東京なら、なかなかわからないだろうが、京都は、狭い。

一時間もすると、それらしい男を乗せたという運転手が見つかった。

井上が、西本とみずえを、タクシー会社の営業所へ連れて行って、その運転手に会わせてくれた。

森中という五十二歳の運転手だった。

「確かに、あのあたりを流していて、それらしいお客を乗せました。M銀行中京支店の前です」

と、森中は、緊張した顔で、いった。

「サングラスをかけて、大きなマスクをした男だね？」

西本が、念を押した。

「そうです。カゼをひいているんだなと、思いました」

「それで、どこまで乗せたんだ？」

「渡月橋までです」

「タクシーの中での、男の様子はどうだったね？」

「やたらに、腕時計を見ていましたよ。時間を、気にしていたんだと思います」

「誰かと、待ち合わせていたのかな？」

西本が、首をかしげると、森中は、笑って、

「女との待ち合わせですよ」

「男が、そういったのか？」

「お客は何もいいませんでしたけど、渡月橋に、女が、待ってましたから」

と、森中運転手は、いう。

「それ本当だね？」

「渡月橋のたもとでおりたら、女が、手をあげていましたよ。彼女に向かって、駆けて行ったから、彼女と、待ち合わせていたんだと思いますがね」

「どんな女だった？」

「二十五、六歳ですかね。背は、あなたと同じくらいかな」

森中は、みずえを見て、いった。

「顔を覚えているかね？」

と、西本が、きいた。

「はっきりとは、覚えていませんよ。何しろ、次のお客が乗って来て、すぐ、発車しちゃったから」

「覚えていることだけで、いいんだ」

「美人でしたよ。茶色っぽいコートを着てましたね。ちょっと派手だから、水商売の女ですかねえ」

と、運転手は、いった。

「渡月橋に着いたのは、何時頃だった？」

「十二時十五分頃といったところでしたかね」

（十二時が、待ち合わせの時刻だったのではないか。遅れたので、男は、しきりに、腕時計を見ていたのではないか？）

「その女に、百万円を渡すつもりだったのかしら？」

みずえが、西本を見て、いった。

「それも、考えられるが、その金のうち、二十万円を持って、男が、殺されていたことは、どう考えたらいいのか」

と、西本は、いった。

とにかく、殺された二人の男の身元が、わからないのでは、推理が、先に進まないのだ。

それに、西本は、時間にも追われていた。休暇が、今日一杯しかないのだ。明日は、東京に帰らなければならない。それまでに、親友の本田を見つけ出したかった。

西本の願いが、通じたのか、第一の被害者の身元がわかったと、井上が、教えてくれた。

「やっと、警察庁から、報告が、届きました。指紋照合で、身元が割れたんです」

井上は、笑顔で、西本に、いった。

「記録に、あったんですね」

「名前は、辻村喬《つじむらたかし》、年齢二十六歳。血液型B。住所は、東京・世田谷区下馬《しもうま》のマンションです」

「どんな前科があったんですか？」

「二十一歳の時に、傷害で、一年。これは、執行猶予になっていますが、二十三歳の時に、また傷害事件を起こし、今度は、一年間、刑務所に入っています。二回とも、酒の上でのケンカですが、二度目は、相手に、全治三カ月の重傷を負わせた上、金を五万円奪ったので、実刑となったんだと思いますね。ただの傷害でなく、強盗ということで」

「仕事は、何をやっていたんですかね？」

「警視庁からの報告では、自宅付近のT運送で、トラックの運転をやっていたようです」

「それが、なぜ、京都で、殺されたのかが、問題ですね」

西本は、いい、すぐ、警視庁に電話をかけた。

同僚の日下《くさか》刑事に、辻村喬について、調べてくれるように、頼んだ。

「ああ、すぐ、調べてみる。東京の人間が、被害者となれば、当然、こちらが、協力することになるんだ」

と、日下は、いった。

「明日は、東京に帰るので、なるべく早く、辻村の情報が欲しい。特に、女性関係がね。ああ、それから、僕の友人の本田のことも、調べてくれ」

「君の友人も、怪しいのか？」

「彼が、殺人事件の関係者の一人であることは、確かなんだ。本田についても、女性関係を調べて欲しい」

「しかし、本田さんには、ちゃんとした恋人がいて、彼女と一緒に、君は京都に行ってるんじゃないのか？」

「そうなんだが、今回の事件には、女性が絡んでいるみたいなんでね」

「しかし、彼女が、心配するだろう？」

「今、彼女が、傍にいないから、大丈夫だ」

と、西本は、いった。

彼は、連絡場所を告げてから、電話を切った。

5

みずえは、一層落ち込んでいた。

本田が見つからず、彼に絡んだ殺人が二件も起きているから、無理もないのだが、新しく、若い女の影が、見えたということで、新たなショックを受けたらしい。

「百万円をおろしたのは、本田じゃないと思うよ」

西本は、慰めるようにいったが、みずえの表情は、暗いままで、

「でも、彼の預金が、おろされたことに、変わりはないわ。そのお金が、若い女の手に渡ったわけでしょう」

「まだ、渡ったと決まったわけじゃない」

「二十万しか、残っていなかったわ」

「本田が、やったとは、思っていないんだろう？」

「思いたくはないけど――」

「今は、彼の生死が、一番大事なんだ。金のことは、二の次にしようじゃないか」

「でも、彼のお金だわ。私は、別に、お金が惜しいわけじゃないの。彼が誘拐されて

いて、犯人が、身代金を要求してきたら、私は、どんなことをしてでも、お金を用意するわ」

「わかるよ。妙な女が出てきて、その女のために、本田のお金が動いたことが、我慢できないんだろう。だが、何回もいうが、今は、本田の無事が、第一なんだ」

と、西本は、いった。

「どんな女なのかしら？」

やはり、みずえは、女のことにこだわっている。

「女のことは、調べてみるよ」

「わかるんですか？」

「何とかする」

日下に、頼んだことは、いわなかった。

「これから、どうしたら、いいんでしょう？」

「まず、君が、元気を出してくれなければ、困る」

と、西本は、微笑して、

「君が、暗くなったんでは、本田だって、われわれの前に出て来たくても、出られなくなってしまうよ」

「出て来てくれるのかしら？」

「ああ、僕は、そう思っている。ただ、何か事情があって、出て来られないんだと思う」

西本は、希望を込めて、いった。

午後三時を過ぎて、祇園の旅館の方に、日下から、電話が入った。

「辻村喬について、一応、調べてみたよ。前科があることは、知っているんだろう？」

「T運送でトラック運転手をしていたことまでは、わかっているんだ」

「確かに、T運送で働いていたんだが、三カ月前に、やめている」

「理由は？」

「会社の金を、盗んだんだ。盗んで逃げた」

「なるほどね」

「T運送の話では、悪い仲間がいて、その男と一緒に逃げているらしい」

「どういう男なんだ？」

「名前は、山尾一郎だが、本名かどうかわからない。三十代だというが、これもわからない。辻村とは、池袋の呑み屋で知り合ったらしく、彼のアパートに、転がり込んでいた。前科はないが、相当なワルらしい。辻村が、T運送を、金を盗んで馘《くび》になったのも、この男に、そそのかされたんだろうといっている」

「T運送は、辻村を、告訴していないのか？」

「していない。馘にしたことで、すませたということだ」

「それから、本田の女性関係なんだが、何か、わかったか？」

「白井みずえ以外の女性だな？」

「そうだ。他に、女がいないのなら、問題はないんだが」

「気になる女の名前が、浮かんできている」

日下は、思わせぶりに、いった。

「早くいってくれ」

「実は、辻村喬と、山尾一郎のことを調べているうちに、浮かんできた女なんだ。二人が、よく行く池袋の『たつえ』という店がある。ママが、たつえという名前なんだが、ここに、若くて、美人のホステスがいる。店での名前は、可奈。本名は、佐野可奈子だ。二十二歳だといっているが、実際の年齢は、二十五、六歳らしい。経歴はよくわからないが、とにかく、頭が切れて、美人だから、人気があった。この可奈子が、辻村と、山尾の二人と組んだんだな。可奈子の方が、誘って、二人がついていったのか、逆か、そのあたりはわからない。あとになってわかったんだが、可奈子目当てにやって来た小金持ちの中年男を、二人で脅すというわけだ」

「ツツモタセか？」

「まあ、そんなところだ。賢明にも、びっくりするような大金は、ゆすらない。相手が払えるぐらいの金を要求するわけだよ。三十万とか、五十万とかね。それで、ばれなかった」

「それと、本田は、どう関係してくるんだ？」

「彼は、雑誌記者として、現代風俗事情というテーマで取材していて、この店にやってきたんだ。ママは、悪く書かれると困るから、ナンバーワンの可奈子を、本田の席につかせたんだよ。その時に、彼は、記者特有の勘で、彼女のワルに気付いたらしいんだ。その証拠に、本田は、ママに、あれこれ、可奈子のことを聞いている」

「それから、どうなったんだ？」

「そのあとは、推理するより仕方がないんだが、可奈子は、十日ほど前、突然、店をやめてしまった。同時に、辻村と山尾も、姿を消し、そして、君の友人も、いなくなってしまった。どうも、本田は、可奈子について調べているうちに、彼女の魅力に負けて、抜き差しならないところに、いってしまったんじゃないかと思うんだ。というのは、他にも、何人かの客が、可奈子の罠《わな》に引っかかって、辻村たちにゆすられているからだよ」

「本田も、ゆすられていたということか？」

「ただ単に、ゆすられたんじゃないと思う。本田は、雑誌記者だからね。下手《へた》にゆすったら、自分たちが、手が、うしろに回りかねない。それで、京都へ連れ出したんじゃないかな」

「なぜ、京都なんだ？」

「可奈子の故郷なんだよ。それに、可奈子は、京都の祇園で、ホステスをやっていたことがある」

「本田は、どんなことで、ゆすられたと思うんだ？」

と、西本は、きいた。

「これは、三人にゆすられたという客から聞き出したんだがね。可奈子が、まず、標的にした客を、店が終わったあと、彼女のマンションに誘う。男は、気があるんだと思って、喜んでついていくわけだよ。マンションでは、酒を飲まされ、ベッドインとなるんだが、寝室に、ビデオカメラがあって、あられもない姿を、ばっちり写されてしまうわけだ。おまけに、酒の中に睡眠薬が入っていて、いい思いを出来なくて、裸にされて、ビデオに撮られてしまうらしい」

「本田が、そんな手に引っかかったとは、思えないんだが」

「鼻の下の長い客とは、少し、事情が違っていたかも知れないな。彼は、ツツモタセの実態を知ろうとしていた。それにつけ込まれたのかも知れない。例えば、可奈子が、自分は、辻村と山尾の二人に脅かされているから、相談にのって欲しいと、持ちかけた。本田は、とにかく、話を聞こうとして、彼女のマンションに行く。可奈子は、酒をすすめながら、もっともらしい話をする。そのうちに、睡眠薬が効《き》いて、本田は、眠ってしまう。あとは、同じことだ。裸にされ、裸の可奈子と抱き合ったスタイルで、ビデオカメラに写されてしまう」

「なるほどね」

「もっと、悪く考えれば、可奈子の色気に負けて、ミイラ取りがミイラになってしまったのかも知れない。とにかく、可奈子と一緒に、二人の男も、京都へ、逃げてしまったんだ。本田は、三人に脅されて、京都へ行ったのかも知れないな」

「山尾には、前科がないのか？」

「われわれが調べた限りでは、前科はない。ただ、辻村より悪がしこいらしい。辻村は、単純だがね」

「佐野可奈子のことを、もう少し、詳しく話してくれないか」

「顔写真を、FAXで送るよ。面白いことに、三人にゆすられていた客だがね、可奈子のことを、恨んでいないんだ。悪いのは、二人の男で、彼女は、脅されて、仕方なく、彼等に従っているに違いないというわけだよ。だが、私の見たところ、むしろ、主導権は、可奈子が、持っていたと思うね」

と、日下は、いった。

「京都に、彼女の家族はいるのか？」

「それが、わからない。今、わかっているのは、彼女が、いぜん、祇園のクラブで、ホステスをやっていたということだけだ」

「山尾の血液型や、指紋はわからないか？」

「残念ながら、わからない」

「背格好は、どうだ？」

「身長は、百七十三センチくらい。体重は、六十五キロぐらいだろうと、彼に会った人間は、いっている」

「まずいな」

と、西本は、思わず、呟いた。

「何が、まずいんだ？」

「その数字は、本田とほぼ、同じなんだ。それに、京都で見つかった、二人目の死体とも、ほぼ、同じなんだ」

「なるほどね」

「ここの旅館のＦＡＸの番号を教える」

と、西本は、いった。

6

旅館のフロントに置かれたＦＡＸに、日下から、顔写真が、送られてきた。

佐野可奈子の顔写真である。シロクロだが、それでも、色の白さが、想像される顔立ちだった。

身長百六十センチ、体重四十六キロ。客と話すとき、時々、京言葉を使い、それが、人気だった。

そう書き加えられていた。

西本は、そのFAXを、みずえに見せた。みずえは、敵意の感じられる眼で、それを見た。

「この人なんですか？　彼の百万円を盗《と》ったというのは」

「名前は、佐野可奈子。東京で、ホステスをやっていた」

「やっぱり、水商売。そんな感じだわ」

「京都でも、祇園で、ホステスをやっていたことがあるということだ。この京都が、故郷なんだ」

「彼は、なぜ、そんな女と？」

「雑誌の取材で、彼女の店へ行ったらしい。現代風俗の取材でね。その時、この女は、男二人と組んで、ツツモタセをやっていた。本田は、その真相を知ろうとして、彼女に近づき、罠にはめられたらしい」

「どんな罠なの？」

「それが、はっきりしないんだ。だが、本田は、抜き差しならなくなってしまい、京都へ来てしまったんだ。可奈子と、仲間の男二人と一緒にね」

「その男二人というのは――？」

「一人は、桂川の河原で殺されていた男だ。名前は、辻村喬。これは、指紋で、身元がわれた。もう一人は、山尾一郎という男だが、この男が、よくわからない。前科がないので、指紋の照合も出来ないんだ。だが、僕は、鞍馬で殺されていたのが、山尾だと思っている。本田は、生きているよ」

「でも、あの死体は、顔を潰されていて、誰だか、わからなかったわ。それに、背格好も、彼によく似ているし――」

「山尾は、身長百七十三センチくらい。体重は六十五キロほどだというんだ。つまり、本田と、同じ体型なんだよ」

「血液型は？」

「それが、わからない。本田の血液型は、確か――」

「A型」

「今、あの死体の司法解剖が、おこなわれているから、血液型も、わかる。もし、A型でなければ、本田じゃないことになる」

と、西本は、いった。

その司法解剖の結果は、井上に電話すると、すぐ、教えてくれた。

「とにかく、犯人は、徹底的に、顔を、叩き潰していますね。医者も、こんなにひどいのは、初めてだといっています。狂気に近いそうです。それから、血液型は、Aです」

「間違いなく、A型なんですね？」

西本は、念を押した。

「間違いありません。A型です」

「背中を刺した凶器のナイフは、第一の殺人と同じものですか？」

「長さや、刃の幅などは、同じくらいですが、肝心のナイフが見つかっていないので、まったく同じものかどうかは、わかりません」

井上は、慎重に、いった。

みずえは、案の定、ショックを受けたらしく、

「じゃあ、彼かも知れないんですね」

と、顔を引きつらせた。

「そう決まったわけじゃない。日本人の四十パーセントは、血液型がAなんだ。それに、山尾一郎も、血液型がAという可能性だって、十分にある」

「でも――」

「悪い方へ、悪い方へと、考えない方がいい」

　と、西本は、いった。

　みずえは、黙ってしまった。そんな彼女を励ますように、

「女のことも、名前がわかったし、顔写真も、手に入った。それに、彼女の故郷は京都で、昔、祇園でホステスをやっていたこともわかったんだ。彼女を見つけ出せば、自然に、本田のことも、わかってくるよ」

「でも、京都は、広いわ」

「もちろん、井上刑事にも、協力してもらうよ。それと、祇園は、そんなに広くない。そこで、佐野可奈子は、ホステスをやっていたんだ。夜になったら、祇園を、聞いて回ろうじゃないか」

　と、西本は、いった。

　暗くなるのを待って、二人は、旅館を出た。

　電話で、井上に、協力要請をしておいてから、可奈子の顔写真を持ち、祇園のクラブを回ることにした。

　警察手帳も、最初から、使うことにした。時間がないからだ。

　東京の盛り場に比べれば、確かに、祇園は狭い。が、一店ずつ、回って歩くとなると、広かった。

四条通の両側に、広がっている。それに、京都は、他所者《よそもの》に冷たかった。

そこで、みずえが、幼なじみの佐野可奈子を探すという話にして、聞いて回ることにした。

それでも、可奈子のことを知っているという答には、なかなか、ぶつからなかった。

それに、夜になると、どんどん、気温が下ってきて、店から外に出ると、ぶるっとくる寒さになった。

疲れてくると、二人は、喫茶店に飛び込んで、熱いコーヒーを飲んだ。

その途中で、井上から、みずえの携帯に、電話が入った。

「店がわかりましたよ」

と、井上が、弾んだ声でいう。向こうは、刑事を動員したのだろう。

「新橋まで、来て下さい。案内します」

有名な白川《しらかわ》にかかるのが、新橋だった。二人が、そこへ行くと、井上が、白い息を吐きながら、待っていてくれた。

「こっちです」

と、井上は、そこから、歩いて五、六分のビルに案内した。

三階建のビルで、一階と二階がクラブで、三階が事務所になっている。その二階のクラブだった。

京都では、大きな方のクラブだろう。二十五、六人のホステスがいた。

不景気なせいか、それとも、時間が早いせいか、客の姿は、まばらだった。

店の中央に置かれたピアノの音だけが、賑《にぎ》やかだった。

井上が、店のママに、紹介してくれた。

西本は、彼女に、可奈子の顔写真を見せた。

「ああ、この娘《こ》ですよ。うちで働いていたんです。かなこという名前で」

と、ママは、肯く。

「どんな女でした？」

と、西本は、きいた。

「美人だし、一見、当たりが柔らかいから、お客には、人気がありましたよ。有名な寺の住職さんや、タレントが、彼女目当てに、通って来たりしてね」

「だが、やがて、東京に行った。何かあったんですか？」

「お客の中に、ちょっと怖いおにいさんがいましてね。その男と組んで、西陣《にしじん》の旦那《だんな》さんから手形を欺《だま》し取ったんですよ。一千万近い金額でしたよ。男の方は、警察に捕まってしまったんですけど、かなこは逃げてしまいましてね」

「東京で、ホステスをやっていたのは、知っていましたか？」

「いいえ」

「今、彼女は、京都へ来ているんです」

「本当ですか？」

「京都は、故郷だそうですね？」

「おかあさんが、祇園で芸妓をやっていたんですよ。自前の芸妓さん、それと、何とかいう俳優との間に生まれた娘なんです」

「その母親は？」

「もう亡くなっていますよ」

「じゃあ、京都に、彼女の知り合いというのはいないんですか？　父親の俳優だって、彼女を、認知しているわけじゃないんでしょう？」

「ええ」

「いったい、誰を頼りにして、京都へ帰って来たんですかね？」

と、西本は、きいた。

「彼女の叔母がいたはずですよ。亡くなったおかあさんの妹さん。おかあさんは、かなこが、高校三年の頃、亡くなったから、そのあと、母親代わりに、かなこを育てたって、聞いていますよ」

「その女性のことを、くわしく話して下さい」

「同じ芸妓で、今は、確か、石塀小路《いしべこうじ》で、小さなスナックをやってると、聞いてますよ。かなこが、京都へ来て、頼るとしたら、その叔母さんしかないんじゃないかしらね」

「何という店か、わかりませんか？」

「彼女の芸妓の時の名前が、小菊だったから、同じ名前を店につけてるんじゃないかしら」

「かなこは、どんな女でした？」

と、西本は、きいた。

「頭が良く、美人で、愛想がよくて。お客は、みんな、それに欺《だま》されるんですよ。でも、あの娘は、怖いわね。平気で、人を欺すし、嘘《うそ》をつくし――」

と、ママは、いった。

「それなのに、お客に人気があったんでしょう？」

西本がきくと、ママは、笑って、

「男の人って、危い女だと思うと、かえって、引き寄せられていくみたいね」

本田も、その一人だったのか？

7

西本と、みずえ、それに、井上の三人は、府警のパトカーで、石塀小路に向かった。

この一角は、市電が廃止になったとき、その敷石を運んで来て、小路に敷きつめたといわれる。

観光コースから、ちょっと離れているので、ひっそりと静かである。

スナックや、クラブも、何軒かあるのだが、その店も、ネオンもつけず、外見からではわからない。

そのスナックも、外見は、ただの普通の家で、看板の代わりに「小菊」という表札が、かかっているだけだった。

格子戸を開けて、中に入ると、外見とは、がらりと変わって、じゅうたんを敷きつめたスナックになっていた。

四十歳ぐらいのママと、バーテンが一人だけの店である。

客は、カウンターに二人。静かに、飲んでいた。

西本たちも、まず、並んで、カウンターに腰を下し、西本と井上は、ビールを注文し、みずえは、甘いカクテルを頼んだ。

店の奥には、二階へあがる階段があるらしい。

「小菊さんですね」

と、西本が、ママに、声をかけた。

「そうですけど」

ママが、柔らかいアクセントでいい、ニッコリした。

「姪御《めいご》さんの居所を知りませんか？」

「姪って？」

「可奈子さんですよ。京都に帰って来ていると聞いて、会いに来たんですがね。今、どこにいるか、知りませんか？」

「京都に帰って来たなんて、知りませんでしたけど」

西本は、

（嘘だな）

と、思ったが、

「電話もありませんか？」

「ええ。何もありません」

と、ママは、いう。

みずえが、我慢しきれなくなったという顔で、ママに向かい、

「可奈子さんと一緒に、本田という男の人が、京都に来たはずなんです。その人のことも、聞いていませんか？」

「その人、あなたのいい人ですか？」

ママが、見すかしたように、きく。

「ええ。そうですわ」

みずえが、負けずに、ママを、見返した。

「そうですか。お気の毒ですけど、お力にはなれません。ぜんぜん、知りませんから」

「ねえ。ママさん」

と、井上が、口を挟んで、

「今、京都で、続けて、殺人が起きているんだよ。二人の男が、刺されて死んだ。その一人は、辻村喬という名前で、可奈子さんと東京で、親しかった男なんだ」

「可奈子が、犯人なんですか？」

「いや、そんなことは考えていない。むしろ、彼女も、殺されかねないと思っているんだよ。だから、彼女を守りたい。もし、居所を知っているんなら、話してくれないかね？」

「警察には、協力したいんですけどねえ。可奈子の居所は、知らないんですよ。京都に帰って来たことも、知らなかったんですから」

「ここは、二階があるんだったね？」

「ああ、そこに、あの娘《こ》を隠していると、思っていらっしゃるのね？」

「違うの？」

「それなら、あがって、見て下さいよ。誰もいないから」

と、ママは、いった。

井上が、西本を見た。西本が肯き、二人は、カウンターに、みずえを残し、奥の急な階段をあがってみた。

六畳二間の広さだった。一階が、洋風のスナックなのに、二階は、純和風で、鏡台があったり、和服が、かかっていたりして、ママが、芸妓だったことを、思い出させた。

しかし、誰もいなかった。

二人は、下へおりて、また、カウンターに、腰を下した。

「いかがでした？」

と、ママが、皮肉な眼つきをした。

「ママのいうとおりでしたよ。誰もいなかった。これから、もし、可奈子さんから連絡があったら、教えて下さい」

西本は、そういい、井上と、みずえと一緒に、スナックを出た。

パトカーに戻る。

「あのママは、可奈子に会っていますね。態度で、わかります」

と、西本は、いった。

「私も、そう思いました。佐野可奈子は、京都へ帰って来て、叔母に会っていますよ」

「本田さんは？」

と、みずえが、きく。

「今までのいきさつを考えると、本田も、辻村、山尾と共に、可奈子と一緒に行動していると、思っているんだがね」

西本が、いった。

「でも、辻村喬は、殺されたわ。もうひとりの男の人も」

「わかっている。だが、本田は、無事だよ」

「そうならいいけど」

「あのスナックを、見張らせましょう。可奈子や、本田さんが、現れたら、抑えて、西本さんに連絡しますよ」

「お願いします」

と、西本は、井上に、頭を下げた。

西本と、みずえは、パトカーで、祇園の旅館まで送ってもらった。

二人とも、疲れていた。

西本は、自分の部屋に入って、敷かれていた布団に、服のまま、寝転がった。

身体は、疲れているのだが、眠れない。自然に、天井を見つめたまま、事件のことを、考えてしまう。

問題は、本田が、無事かどうかということだった。生きているのなら、今、どこにいるのだろうか？

なぜ、連絡して来ないのだろう？　みずえの携帯にである。どこかに、監禁されてしまったのか？

あのスナックの近くだろうか？　それとも、まったく別な場所に、監禁されているのか？

ふいに、部屋の襖《ふすま》を開けて、みずえが、入って来た。

その顔が、紅潮している。

「今、彼から、電話があったの」

と、いう。

「それで、何だって？」

西本は、布団の上に起き上がっていた。

「助けてくれって」

「今、どこにいるんだ？」

「鴨川《かもがわ》の上流の鴨川公園」

「ちょっと待ってくれ」

西本は、あわてて、京都の地図を取り出した。

「鴨川公園というのは、確かにあるよ」

「その近くで、鴨川に面して、家が並んでいるんだけど、佐野という家だって。その二階に監禁されているらしいの」

「佐野といえば、可奈子の姓だよ。あのママも同じ姓のはずだ」

「そうね」

「とにかく、行ってみよう」

と、西本は、いった。

腕時計を見る。午前零時近い。

二人は、旅館を出ると、レンタカーで、鴨川に向かった。

鴨川に沿った道路を上流に向かって走る。車の往来は、あまりない。

車を運転していた西本が、しきりに、バックミラーに眼をやって、

「追けられているような気がする」

「え？」

と、みずえは、助手席から、振り返った。

「ライトしか見えないわ」

「同じ車が、ずっと、追けているような気がするんだが」

だが、西本にも、自信はなかった。同じ車に見えるのだが、どうもタクシーらしかったからだ。タクシーで、尾行は、あまりしないのではないか。

「このあたりだな」

西本は、車をとめた。
このあたり、洒落《しゃれ》た家が、多い。高級住宅街というところだろうか。
塀をめぐらせた家も多かった。
二人は、車から降りた。たちまち、冷気が、二人に襲いかかった。
二人は、家の表札を見ていった。
佐野という表札が、見つかった。
塀をめぐらせた二階建の家だ。一階には、灯《あかり》がついているが、二階は、暗い。
通用口から、門の中に入った。
「君は、ここで待っていろ」
と、西本がいうと、みずえは、
「私も行くわ」
と、ふるえ声で、いった。
中庭に回って、カーテンの隙間《すきま》から、部屋の中を、のぞいた。
一瞬、西本の眼が、点になった。
居間の鴨居から、人間が、ぶら下っているのだ。
バスローブ姿の若い女だった。バスローブの裾《すそ》がはだけて、太股《ふともも》のあたりまで、むき出しになっている。

みずえが、声にならない悲鳴をあげた。

「佐野可奈子だろう」

と、西本が、呟いた。

他に、人の姿は、見えなかった。

西本は、用心のために持ってきた車のスパナで、ガラスを叩き割り、そこから手を入れて、庭に面した戸を開けた。

二人は、靴のまま、居間に、あがって行った。

首を吊って死んでいるのは、やはり、可奈子だった。西本は、死体をそのままにして、

「二階へ行ってみよう」

と、みずえに、いった。

うす暗い階段をあがって行き、ドアを開ける。

暗い中で、ヒーターの熱風だけが、流れてきた。

「誰かいるのか？」

西本は、スパナを構えながら、暗がりに向かって、怒鳴った。

「うーっ」

という、唸《うな》り声が、それに答えた。

みずえが、手さぐりでスイッチを見つけて、押した。

ぱっと、眼の前が、明るくなる。

八畳ほどの部屋だった。畳の上に、男が、芋虫のように、転がっている。

下着姿で、手足に、手錠をかけられ、口に、ガムテープを貼られていた。

本田だった。

西本が、そのガムテープを、剝《は》がした。

「大丈夫か？」

本田が、大きく、息を吐いた。

西本が、声をかける。

「女は？」

と、本田が、きいた。

「首を吊って死んでいる」

「まさか――」

「本当だ」

「カギは？」

みずえが、ひざまずいて、本田に、きいた。

「あの女が、持ってるはずなんだ」

「取ってくる」

西本は、階下へ、駆け降りた。死体の真下に転がっている椅子を起こして、その上に、立って、まず、可奈子の死体を、引きおろした。

可奈子の羽織っているバスローブのポケットを探る。カギが、入っていた。

西本は、それを持って、二階にあがり、本田の手と足を拘束している手錠を外《はず》した。

本田は、血の滲《にじ》んだ両手を、こすり合わせながら、

「あいつは？」

「女なら、死んでいる」

「男だよ。スナックのバーテンだよ」

「ああ、その店なら行ったよ。可奈子の叔母が、ママで、バーテンがいた」

「そいつが、刑務所帰りなんだ。あの女と、組んで、悪事をやっていた男だ」

本田が、いったとき、階下が、急に騒がしくなった。

女の悲鳴と、男の怒鳴り声が、交錯した。

西本が、階下をのぞいた。

スナックのママと、バーテンだった。

西本に気付くと、いきなりバーテンが、拳銃を取り出して、ぶっ放してきた。

「畜生！　殺してやる！」

バーテンが、怒鳴りながら、二度、三度と、射《う》ってくる。

「電話をかけて、警察を呼んでくれ！」

と、西本が、叫んだ。

その時、突然、

「手をあげろ！」

「抵抗するな！」

と、新しい二人の男の声が、聞こえた。

西本の知っている声だった。

「この野郎！」

と、バーテンが、また叫ぶ。

新しい声の相手に向かって、拳銃をぶっ放したとき、彼の身体が、後方に、はね飛んだ。弾丸が、彼に命中したのだ。

バーテンの持っていた拳銃が、放り出される。

「西本！　大丈夫か？」

と、十津川が、拳銃を手に、二階を見上げた。

「大丈夫です」

西本が、答え、三人で、ゆっくり一階へおりて行った。

バーテンは、身体を、小きざみに、けいれんさせている。血が、流れていた。

亀井が、電話で、救急車を、呼んだ。

可奈子の叔母、小菊のママは、可奈子の遺体に取りすがって泣いていたが、ふいに、
床に落ちていたバーテンの拳銃を、拾いあげた。

十津川が、気付いて、

「捨てなさい！」

と、大声で、叫んだ。

亀井も、拳銃を構えて、

「そんなものは、捨てるんだ！」

と、怒鳴った。

ママは、拳銃を握りしめたまま、血走った眼で、十津川たちを睨《にら》みつけていたが、

いきなり、銃口を、自分に向けて引金をひいた。

血が、飛び散った。制止する間もない、一瞬のことだった。

ママが、血まみれで、どっと、倒れた。

8

救急車が、駆けつけ、そのあとから、京都府警のパトカーも、到着した。

救急隊員が、飛び込んできた。が、すでに、バーテンも、ママも、事切れていた。

京都府警の刑事たちは、三つの死体を見て、ぼうぜんとしている。その中には、井上刑事もいた。

立花という捜査一課の警部が、十津川に、向かって、

「どういうことか、説明して頂けませんか？　それに、本庁の十津川さんが、なぜ、ここに、おられるのかという理由も」

と、きいた。

「私と、亀井刑事は、うちの若い西本刑事のことが心配で、最終の『のぞみ71号』で京都へやって来ました。駅から、タクシーで、彼の泊まっている旅館へ行くと、ちょ

うど、彼が、女性と一緒に、レンタカーで、出かけるところでした。ひどく、あわてているようなので、私たちは、彼の車を尾行してみることにしました。そうすると、この家の前で、とまり、西本刑事と、女性は、中に入っていきました。私と、亀井刑事は、外で、様子を見ていたのです。どういうことか、わかりませんでしたからね。そのうちに、もう一台、車がやって来て、そこに死んでいる男と女が、入って行ったんです。次には、いきなり、家の中から、銃声が聞こえました。驚いて、飛び込んでみると、その男が、二階に向かって、拳銃をぶっ放しているんです。そこで、制止したんですが、今度は、私たちに向かって、射ってきました」

「それで、われわれも、応戦したわけです」

と、亀井が、いった。

「そこの女性も、射ったんですか?」

「いや、彼女は、男の拳銃を拾って、自分を射ったんですよ」

西本が、いった。

「あとは、私が、説明します」

と、西本が、前に出て、

「そこにいる私の友人の本田が、京都から、助けてくれという手紙を、恋人のみずえさんに送って来たんですよ。私は、二日間の休暇をもらい、みずえさんと、京都で会って、彼を探しました。そのうちに、雑誌記者の彼が、池袋のクラブで、ホステスの可奈子が、男二人と組んで、ゆすりをやっていることを知り、それを取材しに行ったが、逆に、三人に捕まり、可奈子の故郷の京都へ連れて行かれたらしいことが、わかってきました。探しているうちに、問題の二人のうち、辻村喬が殺され、もうひとりの、山尾一郎も、殺害された可能性が高い、ということになりました。そして、ここに本田が、監禁されていると知って、やって来ると、階下で可奈子が首を吊って死んでおり、二階で、本田が、手足に、手錠をはめられて、監禁されているのが見つかったのです。そのあとは、十津川警部の話されたとおりです」

「本田さん」

と、立花警部は、呼んで、

「あなたにも、事情を説明してもらいたい」

「わかりました」

本田は、小さく咳《せき》払いしてから、

「西本のいったとおり、僕は、雑誌記者で、現代風俗を取材して歩いていました。池袋のクラブで、美人の魅力的なホステスと会いました。それが、佐野可奈子でした。

彼女のことを取材しているうちに、男二人と三人で恐喝をやっているらしいことを知りました。ところが、彼女が、本当のことを話したいというので、のこのこ、彼女のマンションに出かけたのが、失敗でした。睡眠薬入りの酒を飲まされ、眠っている間に、裸にされ、恥ずかしい写真を撮られてしまったんです。連中が、いつもゆすりに使う方法に、僕も、まんまと、引っかかってしまったんです。僕には、ここにいるみずえという恋人がいます。そんな妙な写真をばらまかれたら、彼女が、どんなに傷つくか。それに、連中は、僕が、警察に話したら、みずえを殺すともいっていたんです。連中が、京都に逃げ出すとき、僕も、連れて行かれました。何とか、連中を、説得したかったんですが、京都に着くと、殺されるかも知れないと考えるようになりました。それで、隙を見て、みずえに、手紙を書いたんです」

「それから、どうなったんです？」

「僕が、逃げ出すのを防ごうと、財布も、キャッシュカードも、運転免許証も、コートまで、取りあげられてしまいました」

「それで、辻村喬と、山尾一郎の二人は、あなたの免許証や、キャッシュカードを持ち、コートまで着て、死んでいたんですね。殺したのは誰ですか？」

と、立花が、きく。

「スナック小菊のバーテンですよ」

本田がいい、井上刑事が、それに付け加えるように、

「名前は、原卓夫。元暴力団の幹部です。十九歳でチンピラの時、殺人事件を起こしています。その他、傷害二件。最近は、可奈子と組んで、手形サギと暴行で逮捕され、出所したばかりです。出所後は、可奈子の縁で、彼女の叔母、佐野秋子のスナックで、バーテンをやっていました。拳銃を持っていたのは、旧知の暴力団員から、手に入れたものと思います」

と、説明した。

「彼が、辻村と、山尾の二人を殺したのは、なぜですか？」

立花が、本田に、きいた。

「多分、嫉妬《しっと》だと思います」

「嫉妬？」

「ええ。原は、今でも、可奈子に惚《ほ》れていたんです。それは、態度でわかりますよ。それなのに、東京から、可奈子と一緒にやって来た辻村と、山尾の二人が、彼女とべタベタするから、嫉妬したんだと思います」

「山尾の顔が、潰されていたのは、なぜですか？」

「僕にもよくわかりませんが、山尾が、可奈子の恋人気取りだったのが、無性に、腹が立っていたんじゃありませんかね。山尾は、僕のキャッシュカードを使って、百万円を勝手におろし、何十万かで、可奈子に、プレゼントなんかしていましたからね。それであんなに、嫉妬したんじゃありませんかね」

「最後は、あなたは、二階に、手や足に手錠をかけられ、口にガムテープを貼られて、監禁されていたんですね？」

「そうです。バーテンの原が、やったんです。そうしておいて、彼は、ママと一緒に、店へ出かけて行ったんです」

「では、階下に、可奈子が、一人で、いたわけですね？」

「そうですね」

「その可奈子が、首吊り自殺を遂げたのは、なぜなんでしょう？」

「まったくわかりません。僕も、びっくりしているんです。可奈子という女は、本物のワルだと思っていましたからね」

「強《し》いて、考えれば、どんなことが、想像されますか？」

「そうですね。自分が、京都へ連れて来た辻村と、山尾が、あんな殺され方をしたし、自分も、警察に捕まれば、刑務所行きは、まぬがれない。そんなことで、気持が、追いつめられていたんじゃないでしょうか。気の強い女ですが、ポキンと折れることもあるんじゃないか。それで、発作的に、首を吊ってしまったのではないか。そんな風に考えますが、本当のことは、僕にも、わかりません」

「あなたは、自分が殺されると思っていましたか？」

「思っていました。バーテンの原が、帰って来たら、殺されるだろうと覚悟していました。僕は、いろいろと、知っていましたからね。口封じに殺されるだろうと思っていました」

「二階に監禁されている間に、みずえさんの携帯に、電話されたんですね」

「そうです。原が、店から帰ってくるまでに、助けを求めなければならないと、必死でした」

「後手錠をかけられたまま、よく、電話できましたね。しかも、部屋は、暗かったんでしょう」

立花が、いうと、本田は、微笑して、

「人間、必死になると、何でも出来るものだと思いましたね。二階の隅にある電話のところまで、転がっていって、後手で受話器を外して、ボタンを押していったんです。暗かったけど、1から0まで、ボタンは、番号順に並んでいますからね。ちゃんと、押せるんです」

「なるほど。今は、どう思われていますか？　今回の一連の事件についてですが」

立花警部が、最後に、きいた。

「そうですねえ」

と、本田は、一瞬、考え込んだが、手首をさすりながら、

「こんなに、何人もの人間が死ぬとは、考えもしませんでした。その遠因が、自分にあると思うと、なぜ、可奈子の言葉を信じて、のこのこ、彼女のマンションに出かけて行ったのか。取材のためと思っていたとしても、軽はずみだったと反省しています。その後、三人に、脅かされて、京都まで一緒に行ったこともです。なぜ、脅迫された時、警察に知らせなかったのか。そうしていれば、殺人事件は、起きなくてすんだのにと思うと、申しわけないと考えますが、人間は弱いもので、何とか、穏便にすまそうと、脅迫に屈してしまったのです。今、つくづく、その思いを、噛《か》みしめています」

9

二日後、十津川は、亀井、西本と共に、ひかりで、帰京することになった。

本田と、みずえも、同じ列車に乗った。二人は、グリーン車に乗り、十津川たちは、自由席である。

今回の事件は、犯人と思われる原卓夫が、射殺されてしまい、佐野可奈子と、叔母も、自殺してしまった。

犯人死亡のまま、起訴されることになるだろう。原卓夫を射殺した十津川と、亀井の行為も、許容範囲ということになるだろう。

列車の中は、すいていた。

名古屋を過ぎたところで、十津川は、西本を、車両の隅に、わざわざ、連れて行った。

「今、事件のことを、どう思っているか、正直なところを聞かせてくれないか」

と、十津川は、西本に、いった。

「本田が、無事だったので、ほっとしています。彼の恋人も、ほっとしていると思いますね」

「正直に、そう思っているのか？」

十津川に、きかれて、西本は「え？」という顔になった。

「警部は、違うことを考えておられるんですか？」

「少しばかり違うことを考えている。これは、あくまでも、私の考えだからね。そのつもりで、聞いて欲しいのだ」

「わかりました」

「君は、本田さんの親友だ。それに、白井みずえさんは、彼の恋人だから、どうしても、そうした眼で見てしまう。しかも、殺人事件の渦中《かちゅう》だから、興奮していて、冷静な眼では見られないのも、無理はないとも思う。だが、私は、本田さんを知らない。あの現場で、初めて会った。それだけに、冷静な眼で、本田さんを見ることが出来た」

「はい」

「彼が、府警の立花警部に、事件について話すのを聞いていて、妙に引っかかることがあった」

「理屈が合っていないということですか？」

「いや。それよりも、感覚なんだよ」

「感覚——ですか？」

「彼は、佐野可奈子について、いろいろと喋《しゃべ》ったんだが、悪い女だといいながら、可奈子、可奈子と、いかにも、親しそうに、呼んでいた。まるで、恋人の名前を、口にするようにだよ」

「気がつきませんでしたが——」

「それは、君が、彼の本当の親友で、とにかく、彼が無事だったことを、喜んでいたからだよ。私は、冷静だったから、違和感を覚えたんだ。それで、こんなことを考えた。彼は、あの女に、惹《ひ》かれていたんじゃないか。確かに、白井みずえさんは、いい娘さんだ。まじめで、彼を愛していると思う。しかし、男というのは、おうおうにして、危険な女に、惚れてしまうものでね」

「彼が、佐野可奈子に惚れていたということですか？」

「その可能性をいってるんだよ」

「しかし、彼女は、辻村、山尾の二人と組んで、本田を、罠にかけて、ゆすっていたんです」

「わかっている。そうだとしても、唯々諾々として、京都まで、一緒に行くというのは、不自然だと思うね。だから、私は、彼が、佐野可奈子に惹かれたんだと考えている」

「京都から、白井みずえに、助けてくれという速達を出しています」

「それも、私は、おかしいと思うのだ。彼は、少なくとも、投函する自由があったわけだよ。それなら、なぜ、電話しなかったんだろう。電話の方が、くわしく事情を話せるのにね。手紙には、殺されるかも知れないと書いているんだろう。切羽つまっているのなら、なおさら、電話するはずだ。それを、まだるっこしい手紙にしているのは、事情を、くわしく聞かれたら困るからじゃなかったかな」

「しかし、辻村、山尾と、続けて、殺されていますが」

「君は、原卓夫が殺したと思っているんだろう？」

「本田も、そういっていました。原が、嫉妬に狂ってです」

「そうだ。原が、犯人だとする。なぜ、彼は、ナイフを使ったんだろう？　彼は、いつも、拳銃を持っていたんだ。あの家でも、拳銃を使った。そんな凶器をいつも持っているのに、なぜ、わざわざ、ナイフを使ったのか、私には、奇妙に思えるんだよ」

「では、誰が、二人を殺したといわれるんですか？」

「犯人は、二人を、背後から刺して、その傷は、背中から、心臓にまで達していたという。男と考えられる、力の強い犯人だ。今回の事件の関係者のうち、男は、原卓夫以外には、本田さんだけが、残っている」

「しかし、なぜ、彼が、二人を殺すんですか？」

「多分、佐野可奈子に、頼まれたんだ。彼女は、辻村、山尾の二人と組んで、ゆすりをやっていたが、そこに、入って来た本田さんに、二人にない魅力を覚えたんじゃないかね。インテリで、優しい男としての魅力だ。彼女は、邪魔になった二人を、殺してくれと、本田さんに頼んだのかも知れない。本田さんの方も、彼女と二人だけの世界に行きたくなった。ただでは出来ない。君のような親友もいるし、みずえさんもいる。だから、自分を死んだことにして、別人になり、彼女との生活に入ろうとした。そこで、まず、辻村を殺し、ついで山尾を殺したが、自分に背格好の似た山尾の顔を、叩き潰しておいた。うまくいけば、自分が殺されたことになると、考えたんだろう。ところが、捜査は、どんどん進んでいく。自分が殺されたことには、なりそうもなくなった。このままでは、自分が捕まりかねない。そこで彼は、考えを変えたんだ」

「どんなふうにでしょうか？」

「あくまで、自分は、被害者になることだよ。そのためには、今度は、佐野可奈子が、邪魔になってきた。彼女のために、二人もの男を殺したわけだからね。彼女に証言されたら、死刑になる。あの家で、あの夜、彼は、監禁などされていなかったと、私は思っている。彼女は、風呂に入り、バスローブを羽織っていたんだ。彼の方は多分、パジャマ姿だったに違いない。彼は、彼女の油断をみすまして、首をしめて殺し、鴨居から吊した。そのあと、彼は、助けを求める電話を、みずえさんの携帯にかけた。それから、二階にあがり、下着姿になり、自分で、手足に、手錠をかけた。いや、その前に、ガムテープを、口に貼った。それは簡単だったと思うね。電気を消し、君と、みずえさんが、助けに来るのを待ったんだ」

「――――」

西本は、黙ってしまった。

「原卓夫が、われわれに射殺され、絶望したママが、自殺したのは、彼の計画には入っていなかったろうが、好都合だったに違いないな」

「可奈子の叔母は、なぜ、自殺したんでしょうか？」

「あれを見て、私は、原卓夫との間に、関係があったに違いないと感じたよ。彼が、惚れていたのは、可奈子じゃなくて、叔母の方だったんだ。彼女の方も、原に惚れていた。だから、彼が射殺されたのを見て、発作的に、彼の拳銃を使って、自殺してしまったんだ。それを考えても、原が、可奈子への嫉妬から、辻村と山尾の二人を殺したという、本田さんの話は、信用できなくなる」

「しかし——本田とみずえさんの二人は、帰京したら、すぐ、結婚する気でいますよ。二人は、そういっていました」

西本は、暗い表情で、いった。

「もし、私の話を信用するなら、早く、もう一度、君の親友のことを、調べ直した方がいいな。京都府警は、佐野可奈子を司法解剖する。そうなれば、自殺でなく、他殺の可能性が出てくるかも知れないよ」

「わかりました」

「本当に、わかったのか？」

「辛いですが、本田のことを、見直してみます」

と、西本は、いった。

雪の石塀小路に死ぬ

1

二月十六日の夜に入って、京都の市内に、その冬二度目の雪らしい雪が、降った。

京都は広い。京都府という単位で考えれば、北は、日本海まで広がっている。京都市の単位で考えても、北と南では、気温の差がある。

市の中心と、洛北《らくほく》でも、温度差がある。夏になると、京都人は、市内の、鞍馬《くらま》の貴《き》船《ぶね》に避暑に行く。貴船神社近くの料亭で、鴨川《かもがわ》の上流、貴船川の床《とこ》で、涼をとりながら、料理を楽しむのだ。

市の中心から、貴船まで、車なら一時間足《た》らずで行けるのだが、それでも、十度は違うと、京都人はいう。

だから、冬、北の三千院で、一面の雪景色になっても、中心部では、まったく降らないことがよくある。

だが、この日は、市の中心部でも、本格的な雪になった。

京都の冬は寒いという定評がある。

雪が降れば、なおさらだった。市内のいたるところで、交通渋滞が起きていた。京都の車は、雪に慣れているが、他府県から来た車の中には、慣れていないものもいたからである。

午後七時頃から降り出した雪は、べた雪で、どんどん、積っていく。

金閣寺の屋根も、竜安寺《りょうあんじ》の庭も、京都駅の屋根も、雪に蔽《おお》われていった。

もともと、京都の街は、眠るのが早い。

京都は、寺と神社の町でもある。その寺や、神社は、午後四時か五時には、門を閉ざしてしまう。そうなると、寺や神社の周辺の、土産物屋《みやげものや》や、食べ物の店も、閉まってしまう。

京都第一の繁華街、四条河原町周辺でも、ほとんどの店が、午後九時には、閉まってしまう。

唯一、夜中までやっているのは、祇園《ぎおん》を中心としたお茶屋や、クラブだが、今夜のように、大雪になると、タクシーが、動かなくなってしまうので、お茶屋の女将《おかみ》さんや、クラブのママは、店を早く閉めて、客を乗せるタクシーの手配に、奔走した。

京都の街は、いつもより早く、眠ってしまった。

雪は、降り続いた。積雪が二十センチを超すと、動いていたタクシーも、あちこちで、立往生《たちおうじょう》するか、仕事を諦《あきら》めて、営業所へ帰ってしまった。

雪が止《や》んだのは、午前三時過ぎである。

夜が明けた時、京都の街は、白銀の世界に、変わっていた。

ホテルや旅館に泊まっていた観光客は、その雪景色に、歓声をあげた。人々は、いつの京都が一番美しいかと考える。桜の季節も美しいし、紅葉の京都も素晴らしい。だが、冬の雪景色が、一番美しいという人もいる。それは、すべての汚れを拒絶する白の景色に見えるからだろう。

だが、京都に住む人々は、その雪景色を楽しんでいるわけにもいかなかった。

生活があるからだ。

人々は、久しぶりの大雪に戸惑いながら、スコップを物置きから出して来たり、竹ぼうきを手にしたり、それもなくて、洗面器を手にして、家の前の雪かきを始めた。

石塀小路《いしべこうじ》でも、同じように、雪かきが、始まった。

小路の奥で、日本旅館をやっている小柳館では、女将を始め、仲居も、板前も、一緒になっての雪かきになった。

玄関の前の雪を、まず、片側に寄せてから、少しずつ、通りの方へ作業を広げていく。

通りといっても、このあたりは、幅四メートルほどの狭い通りなのだが、そこに、人の形に、こんもりと、積雪が、盛りあがっているのが、眼に入った。

板前と、旅館の主人の二人が、驚いて、ゴム長を、ずぶずぶ、雪に埋めながら、その場所に近づくと、手袋をはめた手で、雪を落としにかかった。

二人とも、てっきり、行き倒れで、その上に、雪が積ってしまったと思ったのだ。あるいは、酔っ払いが倒れたのか。

とにかく、助けなければという思いだった。

雪を落としていくと、なかに倒れているのが、女らしいと、わかってきた。

パンツをはき、白いカシミヤのコートを羽おった女だった。それが、俯《うつぶ》せに倒れている。

上半身の雪を落としていた板前が、急に、手を止めてしまった。白いコートの背中に、赤い血が、にじみ出ていたからだ。

その血は、すでに、かたまっている。

「これ、血じゃありませんか？」

若い板前は、蒼《あお》い顔を、主人に向けた。

「ああ、間違いなく、血だよ」

と、五十歳の主人も肯く。

「もう、死んでいるんでしょうか？」

「脈を診《み》てみろ」

「脈ですか」

板前は、手袋を脱ぐと、女の手首に触れた。じっと、脈を診る。

「脈がありませんよ」

「おーい」

と、旅館の主人は、振り向いて、女将に、声をかけた。

「すぐ、一一〇番してくれ！　女の人が、殺されてるんだ！」

2

雪のために、パトカーは、四十分近くかけて、やっと、現場に着いた。

パトカーの白黒の車体は、ここにやって来るまでの間に、はね飛ばした雪と泥で、汚れていた。

二人の刑事が、雪に膝《ひざ》をつきながら、倒れている女を見、それから、近くの雪の中に落ちていたハンドバッグを拾いあげた。

安物の黒いハンドバッグ。中から、運転免許証を取り出した。

「藤沢敬一郎だって？」

その刑事が、頓狂《とんきょう》な声をあげた。

もう一人の刑事が、倒れている死体を、仰向けにした。

「仏《ほとけ》さんは、どう見ても、女だぞ」

「だが、ハンドバッグに、男名前の運転免許証が入ってるんだ。おかしいな」

と、片方の刑事が、大声を出した。

二人の刑事は、雪にまみれた死体の顔を拭《ふ》き、運転免許証の写真と、比べてみた。

よく似ている。

「仏さんはニューハーフか？」

それなら、理屈は、合うと、二人は、思った。

だが、一人の刑事が、何気なく、死体の髪に手をかけると、すっぽり抜けてしまった。かつらだったのだ。下は、スポーツ刈りだった。

「ニューハーフが、かつらをかぶるか？」

「かぶらないだろう。これは、ただの女装なんだ」

と、二人の刑事は、いった。

「しかし、美人だよ」

と、一人が、いった。

背中から、ナイフと思われる凶器で、刺されている。刺されたのは、三カ所。

鑑識の車もやって来て、現場の写真を撮り始めた。

京都府警の捜査一課から、桧山《ひやま》警部が、やって来た。初動捜査班の刑事たちから、説明を受けると、運転免許証に、眼をやった。

「東京から来た観光客か」

と、呟《つぶや》く。

免許証にあった住所は、東京都世田谷区内のマンションになっていた。

ハンドバッグには、他に、長楽館のパンフレットが入っていた。長楽館は、女性専門のホテルだった。

被害者は、そこに、泊まっていたのか。

桧山警部は、ベテランの中山刑事を連れて、円山《まるやま》公園の中にある長楽館に回った。

ここでも、従業員が、ホテルの前の雪かきをやっていた。

長楽館そのものは、明治のレトロ建築で、喫茶店になっているが、傍にある新館が、レディスホテルになっている。

桧山は、ホテルのフロントで、警察手帳を見せ、宿泊者カードを見せてもらった。

一昨日の二月十五日から、三日間の予定で、藤沢あけみという名前の女性が、泊まっていた。住所は、運転免許証と同じだった。

「この人は？」

と、桧山は、きいた。

「昨日の午後、外出なすって、そのまま、お帰りにならないんです。きっと、市内のお友だちの家にお泊まりになったんだろうと思っています。何しろ、この雪ですから」

と、フロント係は、いう。

「死にました。今朝、石塀小路で、死体で、発見されたんです。殺しです」

「まさか――」

「十五日から、今日までの予定になっていますね？」

「はい」

「ひとりみたいですね？」

「そうなんです、ひとりで、お泊まりでした」

「毎日、何をしていたか、わかりますか？」

「よく、外出なさっていましたよ。市内見物というより、誰かを、お探しのようでした」

「なぜ、そういえるんですか？」

「外出から、お帰りになると、留守の間に、電話がかかって来なかったかと、しきりに、きいて、いらっしゃいましたから」

と、フロント係は、いう。

「それで、結局、電話は、かかって来なかったんですか？」

「それが、昨日、藤沢さんが、外出なさったあとで、電話がありました」

「男からですか？　それとも、女の声で？」

「男の声でした」

「それで、何だと？」

「藤沢さんが、そちらに、泊まっているかときかれました。泊まっていらっしゃいますが、今、外出なさっていますというと、それで、切れてしまったんです」

「自分の名前も、伝言もいわずにですか？」

「そうです」

「その男は、藤沢さんは、といったんですか？　それとも、藤沢あけみさんといったんですか？」

　桧山は、念を押した。

「藤沢さんでした。お名前までは、おっしゃいませんでした」

　と、フロント係が、答える。

（難しいな）

　と、桧山は、思った。これだけでは、その男が、藤沢を、男と知っていたか、女と見ていたかわからない。

　まして、電話をかけてきた男が、犯人かどうかということは、全く見当がつかない。

「この藤沢さんは、電話で、予約していたんですか？」

「電話でした」

「何か、所持品が、残っていませんか？」

「ええ。ショルダーバッグが一つありますけど」

と、フロント係は、いい、それを、持って来て、見せてくれた。

かなり大きいショルダーバッグで、あのハンドバッグも、この中に入れていたのではないのか。

そう考えるほど、中身が少なかった。入っていたのは、着がえの下着ぐらいだが、それが、全部、男物だった。

被害者は、下着は、男物だったらしい。

と、すると、ますます、被害者は、趣味として女装していたのではなく、何か理由があって、女装していたことになる。

捜査本部が、置かれると、桧山は、まず、東京の警視庁に、協力を要請した。

電話に出た捜査一課の十津川警部に、事件について説明した。

「東京都世田谷区上北沢七丁目のヴィラ上北沢の502号室の藤沢敬一郎という男について、調べて欲しいのです。年齢は二十八歳。昨夜、京都の石塀小路で、殺されました」

「昨日、そちらは、大雪だったそうですね」

「そうでした。市内でも三十センチも積りました。その雪の中で殺されたのです。奇妙なことに、この被害者は、女装して、死んでいるんです。きれいな女性に見えました。長楽館という女性専用のホテルに泊まっていました」

「そのホテルの名前は、知っています。すぐ、藤沢敬一郎という男について、調べてみます」

と、十津川は、いった。

3

十津川に命令されて、若い西本と日下《くさか》の二人の刑事が、藤沢敬一郎について、調べることになった。

京王《けいおう》線上北沢駅から、歩いて、十二、三分の、甲州街道《こうしゅうかいどう》に面した七階建のマンションだった。

管理人に会い、警察手帳を見せて、502号室を、開けてもらった。

がらんとした2DKの部屋だった。

がらんとしてはいるが、男の部屋にしては、きちんと、整頓《せいとん》されていた。

洋ダンスを開けたが、入っていたのは、男物の背広や、コートばかりだった。

女装して、死んでいたと、十津川はいうが、女のものは、どこにもなかった。女の服もないし、バッグも、化粧品もない。

壁には、五、六人の男女が、一緒に写っているパネルが、かかっていた。

「十月七日、S講堂にて、ハムレット公演」

と、書かれてあった。

どこかの劇団に属していたのか、それとも、アマチュア劇団に入っていたのか。

これを見れば、化粧は、うまかったかも知れない。

机の引出しから、アルバムと、手紙が、出てきた。

アルバムには、パネルと同じように芝居の写真が、何枚か貼ってあった。

手紙は、数が少なかった。今どきの若者らしく、用事は、電話ですませていたのだろう。

引出しからは、芝居のパンフレットが、出てきた。

パネルにあったハムレット公演のパンフレットだった。

その中に、藤沢敬一郎の名前ものっていた。彼の役は、ハムレットの友人のホレーショである。

劇団の名前は、西本も、日下も知らないものだった。多分、アマチュアに毛の生えたような、無名の劇団なのだろう。

「なかなかの美男子だよ」

と、西本は、パネルを見て、いった。

「これなら、女装すれば、美女に見えるかも知れないな」

日下も、同意した。

だが、これだけでは、なぜ、京都に、女装して行ったのかは、わからない。

管理人にも、藤沢敬一郎について、話を聞いた。

「藤沢さんが、どんな仕事をしていたか、わかりますか？」

西本が、きくと、

「役者さんだったんじゃないんですか？」

「それで、完全に食べていたとは思えないんでね。決まった仕事をしていたか、アルバイトをしていたか、それを知りたいんですよ」

「そのあたりのことは、よくわかりません。芝居をやっていたのは、切符を買わされたことがあるので、知っていましたが」

「藤沢さんが、女装しているのを見たことがありますか?」

日下が、きいた。管理人は、笑って、

「そんなの、見たことはありませんよ」

と、いう。

これでは、何もわからないのと同じだと、西本と日下は、部屋の中を、徹底的に、調べることにした。

押入れを開けた。

布団と一緒に、遺骨の入った骨壺《こつつぼ》が眼に入った。たたまれた布団の上に、骨壺が、のっているのだ。

真新しい骨壺だった。

白布に包まれた骨壺には、戒名《かいみょう》も書かれていない。

二人の若い刑事は、そっと、骨壺を押入れから取り出して、リビングルームのテーブルの上に置いた。

これが、誰の骨壺で、なぜ、ここにあるのか、西本たちには、見当が、つかなかった。

とにかく、西本は、十津川に、電話をかけた。

「この部屋で、奇妙なものは、骨壺だけです。真新しいものですが、戒名はついていません」

「他に、何か、殺人を暗示するような手紙などは、見つからないのか？」

「見つかりません」

「恋人は？」

「彼が所属していた劇団に、いるかも知れません」

「じゃあ、その劇団へ行って、藤沢のことをきいてみてくれ。それから、骨壺の身元だ」

と、十津川は、いった。

西本と日下は、藤沢が属していたアマチュア劇団を訪ねてみた。

それは、駅前の雑居ビルの二階にあった。ちょうど、次の公演のパンフレットを、三人の仲間で、作っているところだった。

劇団の主宰者で、沢田という中年の男は、事件のことをテレビで知ったらしく、西本たちの質問に、

「そりゃあ、弱っていますよ。何しろ、うちで、最高の二枚目でしたからね。今、代

役を立て、次の公演をやることにしています」

「藤沢さんは、女装して、京都で死んでいたんだが、何か、心当たりはありませんか？」

「殺されたんでしょう？」

「そうです」

「彼から、京都の話は、聞いたことがありませんよ。うちの劇団が、京都で公演したこともないし――」

と、沢田は、いう。

「女装については、どうですか？」

「どうって？」

「公演の中で、女装したことはありますか？」

「ないですよ。ただ、公演が終わったあとのバカさわぎで、女装したことはありましたね。色白で、細面《ほそおもて》だから、すごい美人に見えましたよ」

沢田は、微笑した。

「藤沢さんに、恋人はいませんでしたか？　例えば、劇団の中に」

西本が、きくと、若い劇団員が、

「かずえ君じゃないか」

「その人が、恋人ですか？」

「仲が良かったのは、本当です。N薬品のOLですがね」

「その人に、会いたいんですが」

日下が、いうと、沢田が、腕時計に、眼をやって、

「この時間なら、会社で、仕事をしているんじゃないかな。新宿本社で、会計の仕事をしているはずですよ」

西本と日下の二人は、西新宿のN薬品の本社に行き、会計課で働いている斎藤かずえという女に会った。

「一時、同棲《どうせい》していたこともありましたわ。今も、一番、仲のいい友だちかな」

と、かずえは、いった。

「じゃあ、彼が、京都で殺されたことは、ショックだったんじゃありませんか？」

西本が、きいた。

「ええ。今でも信じられないの」

「女装して、殺されたことは、どうですか？」

「それも、ショック。彼は、別に女装趣味はなかったしね」

「彼と、一緒に、京都へ行ったことは、ありませんか？」

「ありません。私も、京都へ行ったのは、高校時代に一度きりです」

「実は、藤沢さんの部屋を調べたら、押入れに真新しい骨壺があったんです。誰の骨壺か、あなたは、想像がつきませんか？」

と、日下が、きいた。

「ご両親は、確か、彼が子供の時に、亡くなっていると聞いてます」

「きょうだいは？」

「そのことは、なぜか、まったく話してくれないんですよ。しつこくきくと、怒ってた。だから、何か事情があると、思っていたんです」

「藤沢さんの郷里は、どこですか？」

「確か、福島県の会津若松だと思います。白虎隊《びゃっこ》の子孫だっていっていたことがありますから」

と、かずえは、いった。

4

十津川は、西本たちの話から、藤沢の郷里の会津若松市に、照会してみることにした。

藤沢の身内についてである。

丸一日して、回答が、ＦＡＸで、送られて来た。

〈藤沢敬一郎（二十八歳）について、回答致します。

敬一郎は、会津若松市内で、父親徳次と、母親佳乃の長男として生まれています。

兄妹は、一つ年下のあけみだけです。

父親藤沢徳次は、会津若松市で、運送業をやっており、敬一郎が高校二年の時、亡くなりましたが、その時、大きな遺産を兄妹に残しています。

母親佳乃も相ついで亡くなっていますが、その後、敬一郎は、上京し、Ｋ大に進んだことは、わかっています。

妹のあけみも、上京したはずですが、現在の消息については、不明です〉

「確か、京都のレディスホテル長楽館に泊まった時、藤沢は、藤沢あけみという名前を、使っていたんだった」

と、十津川は、いった。

京都府警の桧山警部は、そういっていたはずである。

彼は、女装し、妹の名前で、ホテルに、チェックインしたのだ。

と、すれば、藤沢と、妹は、仲が良かったのではないか。だが、藤沢の恋人のかずえは、妹のことは、聞いたことがないという。彼のマンションにも、妹のあけみとの連絡を示すような手紙類は、見当たらなかった。

「君たちが見つけた遺骨というのは、ひょっとして妹のものじゃないのかね？」

十津川は、西本と日下の二人に、いった。

「しかし、確認のしようがありません。戒名も書いてありませんでしたから」

「真新しいものだったんだな？」

「そうです」

「それなら、都内の火葬場に、当たってみたらいい。その中に、藤沢あけみの名前が、見つかるかも知れないぞ」

と、十津川は、いった。

西本と、日下は、すぐ、都内の火葬場に電話をかけて、最近、藤沢あけみという名前は、なかったかどうか、きいてみた。

その結果、渋谷区西原の火葬場で、十日前に、藤沢あけみという女性を、荼毘《だび》にふしたという答が、戻って来た。

二人は、すぐ、西原に向かった。

寒空の中で、ひっきりなしに、霊柩車が、到着する。寒くなると、死者が、多くなるのだろう。

西本たちは、事務所で、所長に会って、藤沢あけみのことをきいた。

「確か、お兄さんが、ひとりだけの寂しいものでした」

と、所長は、いった。

「お兄さんが、ひとりだけですか？」

「そうです。何でも、この世に、兄妹だけの身内だといわれていましたね。何か、わけがあるんでしょうが」

「死亡証明は、どうなっていたんですか？」

日下がきくと、所長は、それを見せてくれた。

死亡した藤沢あけみの住所は、東京都調布市のマンションになっていて、死亡診断書を書いたのは、同じ調布市内の池内という医師だった。

死因は、心不全。

西本たちは、今度は、藤沢あけみが、住んでいた調布市内のマンションに、回ってみることにした。

多摩川《たまがわ》が近くに流れる場所だった。五階建の小さなマンションだった。その305号室が、彼女の部屋だった。

管理人に、部屋へ入れてもらう。

1DKの狭い部屋だった。部屋に入って、まず、眼についたのは、パソコンだった。

「きれいな人でしたよ」

と、管理人は、いった。が、続けて、

「ただ、右足が不自由で、杖《つえ》をついていらっしゃいました」

「二月六日に、亡くなったんでしたね」

「そうです。突然のことで、びっくりしましたよ」

「お兄さんが、来て、葬式を出した?」

「ええ。お兄さんがいるなんて知りませんでしたから、びっくりしましたね」

管理人は、本当に、びっくりしたという顔になった。

「一度も、お兄さんがいるということは、聞いていなかったんですか？」

西本は、確かめるように、きいた。

「ええ、まったく聞いていませんでした」

「彼女は、何をしていたんですか？」

「お勤めじゃなくて、翻訳の仕事をしているようなことを、おっしゃっていました」

その言葉を裏書きするように、本棚には、三種類の翻訳された童話本が、何冊も、置いてあった。

その一冊を手に取ってみると、なるほど、訳者として、藤沢あけみの名前が、印刷されていた。

「杖がありませんね」

日下が、いうと、管理人は、

「それは、お兄さんが、柩《ひつぎ》の中に入れてあげたみたいですよ。あの世へ行っても、歩き易《やす》いようにといって」

「火葬場には、お兄さんが、ひとりで、行ったみたいですね」

「実は、私や、お隣に住む方が、一緒に行きましょうといったんですが、お兄さんは、自分ひとりだけにして欲しいといわれましてね」

「藤沢あけみさんが、ここに越して来たのは、いつ頃ですか？」

「確か、三年ほど前だったと思います」

「三年の間、お兄さんは、一回も、訪ねて来なかったんですか？」

「ええ。一度も、見かけませんでしたね」

そんな兄妹というのが、あるものだろうか。

よほど、仲が、悪かったのか。しかし、それにしては、妹の藤沢あけみが亡くなってからの藤沢の行動は、妹を愛する兄の姿ではないか。

マンションを出ると、二人の刑事は、近くにある池内医院に回った。死亡診断書を作った医師である。

五十歳ぐらいの個人医だった。西本と、日下の二人が、警察手帳を見せて、

「この先のマンションの住人で、十二日前に亡くなった藤沢あけみさんのことで、おききしたいことがありましてね」

と、きくと、とたんに、池内医師の表情が、変わった。

「あれは、お兄さんに、どうしてもと、頼まれましてね。仕方なく、心不全ということにしたんですが」

「違うんですか？」

今度は、西本たちの方が、びっくりして、きいた。

「自殺でした」

「自殺？」

「不眠症ということで、睡眠薬をもらっておいて、それを一度に、飲んだんですよ。でも、お兄さんが、どうしても、病死にして欲しいと、いわれたものですからね」

と、池内医師は、いった。

「自殺の原因は、何だったかわかりますか？」

日下が、きいた。

「いや、私は、知りません。お兄さんが、知っていたかどうか――」

遺書は、あったのだろうか。ひょっとして、それも、兄の藤沢は、柩に入れてしまったのではないか。

西本と日下は、ひとまず、警視庁に帰り、十津川は、これまでにわかったことを、電話で、京都府警の桧山警部に知らせた。

桧山は、黙って聞いていたが、

「妹の藤沢あけみが、十二日前に、自殺したことと、藤沢が、京都で、女装して殺されたこと、何か関係があるんでしょうか？」

と、きいた。

「私にも、わかりません。兄妹の仲が、複雑だったようで、そのあたりがわかれば、見当がつくと思っているのですが」

と、十津川は、いった。

「藤沢あけみの顔写真は、手に入りますか？」

「入手しているので、すぐ、送ります」

「兄妹だから、似ていると思いますが、その点、どうですか？」

桧山警部が、きく。

「よく似ています」

「と、すると、女装していれば、なおさら、兄妹はよく似ているでしょうね」

「それと、事件が、何か関係がありますか？」

と、十津川は、きいた。

「藤沢敬一郎は、女装して、レディスホテルに泊まり、しかも、藤沢あけみと、妹の名前を名乗っています。その上、顔が似ていれば、妹と間違えられて殺されたということも、十分に考えられると思うのです」

「なるほど。藤沢敬一郎も、妹に間違えられるのを承知で、京都へ、女装して行ったのかも知れませんね」

と、十津川も、いった。

「問題は、なぜ、そんなことをしたかということですが」

と、桧山は、いった。

確かに、そのとおりなのだが、藤沢あけみが死に、兄の敬一郎まで死んでしまった今となっては、解き明かすのは、簡単ではないかも知れない。

十津川は、西本と日下の二人を呼んで、

「藤沢あけみの自殺した理由は、わからないか？」

と、きいた。

「もう一度、彼女のマンションに行ってみます」

と、西本は、いい、日下と二人、警視庁を出て行った。

そのあと、十津川は、亀井に、向かって、

「殺された藤沢敬一郎だが、アマチュア劇団に入る前は、どうしていたのかな？」

「調べてきましょう」

と、亀井は、いい、彼も、出かけて行った。

亀井の方が、早く、電話で、十津川に、知らせてきた。

「劇団に入る前ですが、藤沢は、大学を出たあと、M工業に入社していることが、わかりました」

「一流企業じゃないか」

「そうです。私は、これから、M工業に行って、その頃のことを、きいてみようと思っています」

「本社は、大手町だったな?」

「そうです」

「私も、そちらに行くよ」

と、十津川は、いった。

亀井と、大手町のM工業本社前で落ちあった。

「私も、藤沢兄妹のことに、興味を感じてね」

と、十津川は、いい、亀井と、ビルの中に入って行った。

藤沢と、同期に入社したという小沼という男が、今、主任で、残っていた。

「彼は、おかしな奴でしたよ」

と、小沼は、いきなり、いった。

「どんな風にですか？」

　十津川が、きく。

「優秀な成績で、ここに入社し、エリートコースを歩いていたんです。それが、突然、辞《や》めてしまったんですからね。上司も、困惑していましたよ」

「辞めた理由は、アマチュア劇団に入ることだったんですかね？」

「それは、あとになってからで、ここを辞めた理由と別だと思います。多分、妹さんのことが、原因だったんじゃないかと、今になると、考えるんですがね」

「あけみさん？」

「そうです」

「なぜ、そう思うんですか？」

「彼が、辞めてから知ったんですが、彼が、自動車事故を起こしましてね。その時、同乗していた妹さんが、重傷を、負ってしまったんです」

「それが、原因で、右足が、不自由になったということですか？」

　と、亀井が、きいた。

「そうだと思います。彼が運転して、妹さんが、助手席に乗っていたと聞いています」

「それは、いつのことですか？」

「僕が、入社して二年後だから、今から四年前の秋です。その直後に、彼は、会社を辞めたんです」

と、小沼は、いった。

「場所は、どこですか？」

「確か、甲州街道の芦花公園《ろかこうえん》あたりだったと聞いているんですが」

小沼は、場所についてはあまり、自信がなさそうだった。

十津川は、とにかく、その事故が、あったかどうか、あったとすれば、どんな状況で起きたのかを知りたかった。

成城署の交通係に、電話してみると、確かに、四年前の十月九日に、藤沢敬一郎所有の車が、事故を起こしていることが、わかった。

その詳しい話を聞くために、二人は、成城署に向かった。

交通係で、この事故を担当した鈴木という刑事は、十津川たちが、わざわざ、事故を調べに来たことに、驚きの表情で、

「あの事故は、別に、刑事事件には、ならないと思いますが」

「運転していたのは、藤沢敬一郎なんだね？」

と、亀井が、きいた。

「そうです。車は、ポルシェで、事故の原因は、明らかに、スピードの出し過ぎで、コンクリートの電柱に激突したわけです」

「それで、同乗していた妹の藤沢あけみが、重傷か？」

「そうです。運転していた藤沢敬一郎の方は、奇跡的に、軽傷ですんだ事故です」

「それで、救急車で、どこの病院に運ばれたんだ？」

「この近くのR救急病院です」

と、鈴木刑事は、いった。

今度は、その病院に、回ってみた。藤沢あけみの緊急手術を担当した医師に、話を聞く。

「あれは、奇跡みたいなものでした。よく、助かったと思いますね」

と、医師は、いった。

「右足が、不自由になったのは、その事故のせいですね？」

十津川が、確かめるように、きく。

「そうです。しかし、あれは、どうしようもなかった。死ななかったのが、奇跡でしたね。一時は、右足を切断しなければと考えたんですが、兄さんの方が、それだけは、止《や》めてくれと、いったので、なおさら、難しい手術になりました」

「兄さんの方は、軽傷だったそうですね？」

「人間の運命が、いかに、微妙なものかということでしょうね。電柱に激突した時の角度が、少しでも違っていたら、兄さんの方が、重傷を負っていたかも知れないのです」

「兄さんの様子は、どうでした？」

「半狂乱というのは、ああいうのを、いうんでしょうね。あとで、身寄りが、兄妹二人だけと聞いて、さもありなんと、思いました。もし、あの時、妹の方が、死んでいたら、兄さんの方は、自殺していたんじゃないか。そんな気がしましたよ」

「それほど、妹思いだと、思ったわけですね？」

「感動しましたよ。この兄のためにも、死なせてはいけないと、思いましたね」

と、医師は、いった。

それなのに、西本たちが調べたところでは、この兄妹は、ここ三年間、まったく、疎遠になっていたという。

藤沢の恋人の話でも、妹がいることさえ、知らなかったというではないか。

「手術したあと、兄妹は、どうなったか、覚えていらっしゃいますか？　妹の方は、大手術で、リハビリが、必要だったと思いますが」

と、十津川は、きいてみた。

「もちろん、リハビリは、必要でした。彼女の場合、右足は、マヒしています。リハビリしなければ、硬直したままとなって、歩けなくなってしまいますからね。それで、私は、暖かい南房総のリハビリセンターを紹介しました」

「それで、兄妹は、そこへ行ったんでしょうか？」

「行ったと思いますね。ただ、あのリハビリセンターは、希望者が、多いので、入院できないかも知れない。その時には、近くに、家を借りて、通院しなければならないとは、いいました。あの兄妹は、そうしたと思いますよ。兄さんの方は、毎日、車で、リハビリセンターまで、妹さんを、連れていったんじゃありませんかね。ここを退院する時、そうしますと、いっていましたから。私も、南房総リハビリセンターに、紹介状を書いておきました」

5

十津川と、亀井の二人は、東京駅から、列車で、安房《あわ》鴨川に向かった。

西本たちからの報告は、その列車の中で、携帯電話で受けた。

「藤沢あけみですが、新しくわかったことは、パソコンに、熱中していたことです。翻訳原稿の作成にも、使っていたようですが、その他に、インターネット上で、友人を作るのにも、利用していたようです。今、どんな友人を作っていたか、それを、何とか、調べ出せたらいいと思っています」

と、西本は、いい、日下は、

「兄の藤沢敬一郎とは、このマンションに来てからは、まったく、連絡はなかったようです。インターネットで、友人を作っていたのは、孤独な寂しさからだったと思います」

と、いった。

安房鴨川で、十津川たちは、降りると、タクシーで、南房総リハビリセンターに、向かった。

海の見える丘の中腹に建つ広大な施設だった。

総合病院でもあり、一階の広い体育館では、何十人という患者が、訓練士の指導を受けながら、リハビリをしていた。

十津川たちは、それを見学したのだが、患者の乗って来た車椅子が、ずらりと並んでいて、壮観だった。

軽症から、重症の患者まで、それぞれ、異ったリハビリを受けている。脳血栓や、脳梗塞《こうそく》から、半身マヒを起こした患者も多いが、最近は、交通事故の患者も多いと、二人を案内してくれた医師が、いった。

「ここに入りたい患者も多くて、今、午前と午後に分かれて、訓練をしているのですが、それでも、足りません。入院希望者が、多くて、収容しきれません」

「近くに、マンションを借りて、ここに通って、リハビリを受ける人もいるわけですね？」

「信用できる付き添いがいれば、許可しています」

「藤沢あけみさんも、そのひとりだったわけですね？」

「そうです。お兄さんが、毎日、車で、妹さんを、送って来て、リハビリを受けていました。ここでは、人気者でしたよ。顔がそっくりで、妹さんは、美人でしたからね」

と、医師は、微笑した。

「ここでは、どのくらいの期間、リハビリを受けていたんですか？」

「一年間です。幸い、ひとりでも、生活できるまでになって、退院しています。あれは、患者の若さと、兄妹愛からじゃありませんかね」

と、医師は、いった。

藤沢あけみのリハビリを受け持っていた訓練士にも、会った。三十七、八歳の長身の男性で、なぜか、ひげ面で、それが、愛嬌《あいきょう》になっていた。

「藤沢あけみさんなら、よく覚えていますよ。若くて美人だったのと、お兄さんが、熱心でしたからね。というより、お兄さんが、必死になっていましたからね。自分の運転ミスで、事故を起こしたということで、妹さんに、申しわけないという思いからでしょうね」

「事故のことも、あなたに、話していたわけですね?」

と、十津川は、きいた。

「もちろん、聞いていますよ。マヒの原因がわからなければ、完全なリハビリは、出来ませんから」

医師も、訓練士も、藤沢あけみが、死んだことは、知らないようだった。藤沢敬一郎も、ここには、妹の死を知らせなかったのだろう。

十津川は、兄妹が、一年間、借りていたマンションの場所を聞き、そこにも、行ってみることにした。

リハビリセンターから、車で、二十分ほどの場所に建つ、マンションだった。

ここも、海が見える快適な場所だった。兄の藤沢が、何とかして、妹を回復させたいという願いがわかるような自然環境だった。

ここでも、十津川たちは、まず、管理人夫妻と会って、藤沢兄妹の様子を聞いた。

「とにかく、仲が良かったですよ。美男美女で、見ていると、自然に、ほほえましくなってきましたね」

と、管理人は、いう。

「ここから、リハビリセンターまで、毎日、お兄さんが、車で、送っていたそうですね」

十津川が、いうと、管理人は、微笑して、

「それだけじゃありませんよ。ここへ来た時は、妹さんは、ひとりでは、外出できませんでしたからね。食事の世話も、毎日の入浴なんかも、藤沢さんが手伝っていたんです」

「日常の世話も、お兄さんが、やっていたということですか？」

「そうです。そのせいか、驚くほどの回復力で、ここを出て行く時は、妹さんは、何とか、ひとりで、歩けて、生活していけるまでに、なったんです。まあ、杖をついてですが、あれは、仕方がないでしょう。完全に、元通りになるということは、ないと、いいますからね」

管理人は、兄の藤沢の献身ぶりを褒めた。

その間、管理人の妻の方は、何かいいたげな表情だが、黙っていた。

十津川は、それが、気になって、わざと、間を置いてから、彼女だけに会った。

「藤沢兄妹のことで、私たちは、いろいろと、聞いているんですが、本当のことを、知りたいんですよ。ご主人は、素敵な兄妹愛だと褒めていたが、あなたは、別の意見を、お持ちのようですね」

十津川が、そう話しかけると、管理人の妻は、

「でも、いっていいことと、悪いことが、ありますからねえ。藤沢さん兄妹は、ちゃんと、生きていらっしゃることだし――」

「実は、二人とも、もう、亡くなっているんです。妹さんは、自殺し、お兄さんの方は、京都で、亡くなっています」

十津川が、いうと、管理人の妻は、本当に、びっくりした顔で、

「知りませんでしたよ。いつのことですか？」

「どちらも、最近のことです。それで、われわれは、こうして、藤沢兄妹のことを調

べているわけです」

「亡くなったんですか。あの二人――」

と、管理人の妻は、ひとりごとのように、呟いている。自分の世界に入ってしまっているのだ。

十津川は、あくまでも、彼女の本音を聞きたかった。

これまで、どこでも、藤沢兄妹については、献身的な兄妹愛を聞かされた。だが、それでは、三年間の断絶は、説明できなくなってしまう。当然、藤沢あけみの自殺も、藤沢敬一郎の死も、わからなくなってしまうのである。

「一年間、藤沢あけみが、リハビリを受けたあと、二人は、東京に戻ってるんですが、そのあとで、なぜか、兄妹は、別れて、まったく、交流がなくなってしまっているんです。兄の方は勝手に、アマチュア劇団に入って役者をやってるし、妹の方は、翻訳の仕事をやっています。これは、どういうことなんですかね？」

十津川は、相手に向かって、相談するように、きいた。

それでも、管理人の妻は、なかなか、本音を話してくれなかったが、亀井も一緒になって、迫ると、やっと、重い口を開いて、

「あの二人は、兄妹みたいじゃありませんでしたよ。兄妹でしたけどね」

と、いった。

「ご主人は、羨《うらや》ましいほどの兄妹愛だといっていましたがね」

十津川が、いうと、管理人の妻は、苦笑した。

「うちの人は、表面しか見ていないから」

「そのあたりを、詳しく話してくれませんか」

「ここに来た最初の頃は、私にも、確かに、ほほえましくなるような、仲のいい兄妹でしたよ。兄さんの方は、必死になって、妹さんのリハビリに協力していたし、妹さんの方も、何とか、歩けるようになろうと、一生懸命でしたよ」

「それが、最後の方は、違ってきたということですか？」

と、亀井が、きいた。

「男の人は、気がつかなかったでしょうけどね、あれは、もう、兄妹の愛情じゃなかったですよ。私には、それが、はっきりわかりましたよ」

「つまり、男と女の愛情になってしまっていたということですか？」

十津川が、きいた
「そうですよ。だから、最後の頃は、二人とも、苦しそうでしたわね。自分でも、そうなってはいけないと思いながら、どうしようもなくなってしまったんじゃありませんかしら」

「なるほど」

「だから、本当は、もっと、長く、リハビリをしたかったんじゃありませんか、そんな感じでしたもの。お兄さんの方は、納得のいくまで、妹さんの、リハビリを、続けると、いっていたんです。確かに、一年で、妹さんは、ひとりで、歩けるようにはなっていましたけど、退院して、ここから引っ越して行くのは、あわただしかったですよ。うちの人なんかは、めでたし、めでたしって、兄妹を祝福してましたけどね。私は、これから、この二人は、どうなっていくんだろうと、心配でしたわ」

と、管理人の妻は、いった。

（それで、二人は、その後の三年間、断絶した生活を続けることになったのか）

どちらから、それをいい出したかは、二人が死んでしまった今となっては、わかりそうもない。だが、管理人の妻の見方は、一つの真実ではないかという気が、十津川はした。

なぜなら、彼女の話が、事実なら、そのあとの藤沢兄妹の生き方が、説明できるからである。

「二人が引っ越した時は、どんな状況でしたか？」

十津川は、間を置いて、彼女に、きいた。

「そうですねえ。二人とも、黙りこくって、引っ越して行きましたよ。主人は、一年のリハビリがうまくいって、感極まっているんだろうなんて、呑気《のんき》なことを、いってましたけど、男の人って、鈍感だと思いましたよ。二人とも、黙々と、写真や、手紙なんかを、焼いていたのが、印象的でした」

「写真や、手紙を、焼いたんですか?」

亀井が、びっくりした顔で、きいた。

「そうですよ」

「しかし、写真なんかは、ここでのリハビリのものでしょうに。それなら、思い出にもなるし、あとで、自分でリハビリする時の参考になるんじゃないのかな?」

「そうだと思いますよ。最初の頃は、お兄さんが、センターへ行って、一生懸命、妹さんの訓練を、ビデオや、写真に撮っていましたよ。私も、見せられたことがあります。普通は、リハビリ中の写真は、撮っちゃいけないんです。自然と、他の人も、写真の中に入ってしまいますからねえ。そんな写真を撮られたくない人もいるんですよ。藤沢さんは、センターの人を、拝み倒して、写真を撮らせてもらったんだと、いっていました。ここに帰ってからも、自分が、妹さんのリハビリをしてやりたい。その参考にするんだといって」

「そんな写真を、焼却してしまったんですか？」

「ビデオテープもね」

「どうして、そこまで、やったんですかね？」

「ここでの一年間の生活は、何もかも、思い出したくなかったんじゃありませんか。お二人ともね。だから、思い出になるものは、すべて、焼いてしまったんだと思いますよ」

と、管理人の妻は、いった。

十津川と、亀井は、彼女の話で、大きな収穫を得た。が、それは、あまり、楽しいものではなかった。

二人は、重い気持で、安房鴨川から、列車に乗った。

「藤沢あけみが、自殺したのは、兄の敬一郎との複雑な関係があったからでしょうか？」

車中で、亀井が、きく。

「いや、それは、違うと思う。東京に戻ってから、二人は、三年間、別々に、ひとりで、暮らしていたんだからね。どちらも、辛《つら》かったと思うが、とにかく三年間、耐えたんだ。兄の方は、アマチュア演劇に、その辛さをぶつけていたのだろうし、妹のあけみの方は、翻訳の仕事に熱中し、また、パソコンに、熱中していたそうだからね。兄との関係が、彼女の心に、深い傷となって、残っていたとは思うが、自殺の直接の原因とは、思えないね」

十津川は、考えながら、いった。

「そうかも知れませんね。あけみの自殺の原因が、三年前の鴨川でのこととしたら、兄の藤沢敬一郎が、京都へ行った理由も、殺された理由も、わかりませんからね」

「そうだよ。まして、彼が、女装していた理由は、なおさら、わからない」

と、十津川も、いった。

警視庁に帰ると、西本と、日下の二人は、まだ、戻っていなかった。

「遅いな」

と、十津川が、いうと、三田村刑事が、

「西本たちは、今、藤沢あけみのチャット仲間について、調べているそうです」

と、いった。

「チャットって、何なんだ?」

亀井が、きく。

三田村が、笑って、

「インターネット上での会話のことです。藤沢あけみは、インターネットをやっていて、友だちを、募集していたんですね。若い女性が、呼びかければ、何人もの男性が、インターネットで、応じて来ますよ。顔を知らない友人が出来ます」

「顔がわからない友人か」

「名前もわかりません。インターネットの中では、愛称を名乗ることが多いですからね。私もやってみたことがありますよ。その時、私が、使ったのは、デカホンです」

三田村が、笑いながら、いう。

「デカホン？」

「本庁の刑事《でか》です。それを、引っくり返したんです。チャットって、楽しいですよ。相手の顔も、素性もわからないから、かえって、好きなことが、いえるんです」

「しかし、親しくなっていけば、そのうちに、本気で、会ってみたくなるんじゃないのかね？」

と、十津川が、きいた。

「そういうケースもありますよ。だから、インターネットを、うまく使えば、素敵な結婚相手を見つけることも出来るんですが、相手が、よくわからないわけですから、危険でもありますよ。インターネットの上での会話では、すごく優しくても、会ってみたら、ワルだったということも、あり得ますからね。特に、若い女性にとっては、危険です」

「危険だが、チャット仲間を探していたということは、藤沢あけみが、それだけ、寂しかったということになるんじゃありませんか？」

と、亀井が、いった。

6

藤沢あけみにとって、藤沢敬一郎は、この世で唯一の肉親だった。

その兄を失った形になっていた。

それは、多分、死別するよりも、辛いことだったろう。

その寂しさをまぎらわせるために、あけみは、インターネットで、友人を求めた。顔も、素性もわからない、インターネット上の友だち。それは、かえって、彼女には、心安かったのではないか。

三田村も、その点について、こう、十津川に、いった。

「気安いんですよ。ただ、会話を楽しめばいい。相手が、重荷になってきませんからね」

「それで、君は、今でも、続けているのか？」

「ええ。仕事を終わって、帰宅すると、パソコンのスイッチを入れるんです。そうすると、何通かのメッセージが届いているんです。何かで、落ち込んでいる時なんか、ああ、自分にも、友だちがいるんだなと、ほっとしますね」

「それで、君は、その友だちに、実際に、会ってみたくなったことはないのか？」

と、十津川は、きいた。

「そりゃあ、楽しい会話が続くと、その女性に、会ってみたくなりますよ。しかし、実行はしていません。幻滅を感じるのは怖いし、中には、男が、女の名前を使って、こちらを、からかっているケースも、ありますからね。もしそんなことにぶつかったら、眼も当てられません」

三田村が、笑いながら、いった。

問題は、藤沢あけみが、どんなチャットをしていたかということである。

いつまでたっても、西本と日下の二人が、戻って来ないので、十津川と亀井は、心配になって、彼らの方から、調布市のあけみのマンションに出かけてみることにした。

３０５号室では、まだ、西本と日下が、パソコンと、格闘していた。

画面には、文字による会話が、映されている。西本が、マウスを操作すると、その会話が、動いていく。

「自殺した藤沢あけみが、インターネットを使って、どんな人間とつき合い、どんな会話をしていたのか知りたかったんです」

と、西本が、いった。

「彼女は、いつから、パソコンを使っていたんだ？」

十津川が、きく。

「一年前からと、わかりました。ここに住んでから、二年間は、翻訳の原稿も、手書きでしていたようです。ちょうど、一年前に、パソコンを購入し、同時に、インターネットをするための登録もしています」

「その時から、チャット仲間を募集していたんだろうか？」

「それはわかりません。が、とにかく、今、いったように、インターネットで、どんな人間と、つき合っていたのか、それを知りたいと、思いました。コピーは、残っていませんでしたが、部屋中を探したところ、フロッピーが、多数、見つかりました。それを、こうして見ているんですが、チャット仲間との会話が、記録されているんです。彼女は、几帳面な性格だったらしく、すべて、記録してあるんじゃないかと思います。それを今、眼を通しているところです」

「それで、何か、わかったか？」

「彼女は、チャットでの名前は、アケミでした」

「じゃあ、本名を使っていたんだ」

「そうです。ここまで、検索して、最初は、十人ぐらいの男性と、インターネットの上で、交際しています。それが、次第に、五人、三人と、しぼられてきているのが、わかってきました」

「最後は、三人か？」

「常に、インターネットで、会話している相手は、三人になりました。彼女が、気に入って、必ず、返事を送るチャット仲間というわけです」

「その三人の名前は、わかるのか？」

「全員、愛称と思われるものを、使っています。ひとりはサンディ」

「サンデイ？」

「毎週日曜日に、話しかけてくるからでしょう。彼自身、他の曜日は、忙しくて、インターネットを使えないのかも知れません」

「もう一人は光源氏《ひかるげんじ》」

「そんな美男子なのかね？」

亀井が、苦笑する。

「それは、わかりません。三人目は、マーメイド。会話からすると、海と、ヨットが好きなようです」

「その中に、京都の人間は、いるのか？」

「光源氏が、京都です」

「じゃあ、その男について、調べてみてくれ」

と、十津川は、いった。

「今、光源氏と、アケミの会話だけを、抜き出して、コピーしているところです」

と、西本は、いった。

「量が多いのか？」

「何しろ、一年間にわたるものですから」

と、西本は、笑った。

7

インターネットを使った二人の会話は、面白かった。

最初は、アケミに対する光源氏の呼びかけから始まっていた。

アケミの遠慮がちな返事。

用心深く、お互いを探り合っているかと思えば、急に、自分たちの悩みを打ち明けたり、希望を書きつけたりする。

自己紹介をしているところもある。

アケミは、自分を、二十三歳のＯＬだと、自己紹介している。

趣味は、読書と、旅行。右足が不自由なことは、明かしていない。

「顔も見えないし、本名もわからないから、インターネットの上では、みんな、大なり小なり、自分を飾りますよ。嘘《うそ》もつきます」

と、西本は、いった。

「相手の光源氏だって、嘘をついているかも知れないということだな？」

「そうです」

光源氏は、自分を、京都のＳ大を卒業し、現在、二十七歳で、サラリーマンだと、紹介している。

身長は、百八十センチ。大学時代は、サッカーをやっていたともいうが、どこまで、本当なのかはわからない。

その中に、次の会話が、出てきた。

光源氏――君は美人だ。君の写真を、毎日、見ている。ボクが、今までに会った女性の中で、一番美しい。頭もいい。

アケミ――私はそんな美人じゃありません。頭もよくない。ごく、平凡な女です。

光源氏――君に、謙遜《けんそん》は、似合わないよ。君は、僕の憧《あこが》れの女性だ。

「彼女は、相手に、自分の写真を送ったのかな？　それとも、インターネットに、自分の写真をのせたのかね？」

亀井が、きいた。

「それはないと思います」

「じゃあ、どうして、光源氏は、君は、美人だと、書いているんだ？　顔がわからないのに、ただお世辞をいっているだけか？」

「多分、これだと思います」

日下が、一冊の本を、差し出した。あけみが、翻訳した童話だが、その裏表紙に、カラーで、翻訳者、藤沢あけみの写真が、のっているのだ。

「実は、ここまでの途中で、あけみが、趣味で、童話の翻訳をやっていて、何月何日に、その本が出たと、いっているのです。それで、光源氏は、その本を買って、写真を見たんだと思います」

と、日下は、いった。

このあと、光源氏は、急に、熱っぽく、あけみを口説き始める。

光源氏——ぜひ、あなたに会いたい。京都駅まで、迎えに行き、僕の車で、京都を案内します。決して、がっかりはさせません。

そんな言葉が、ひっきりなしに出てくるのだ。だが、決して、自分の本名や、電話番号などは、明かそうとしない。

最後の方では、こんな会話が、送られてきていた。

光源氏――どうしても、お会いしたいので、失礼とは思いましたが、××書院気付で、新幹線の切符を送りました。もし、僕と会って下さる気があれば、それで京都へ来て下さい。京都駅のホームで、お待ちしています。あなたの顔は、わかっているので、必ず、迎えに行きます。

これに対するあけみの返事は、のっていなかった。

××書院というのは、彼女の翻訳した童話の発行元である。

彼女は、果して、この誘いに応じたのだろうか？

十津川と、亀井は、神田にある××書院に行ってみることにした。

小さな出版社で、出版部長は、この手紙のことを、覚えていた。

「確かに、藤沢あけみさん宛てに、手紙が来ました。中身は、京都までのひかりの切符でしたよ。グリーン車でしたね」

「それは、いつのことですか？」

「切符は、確か、一月十二日か十三日の昼頃の切符でしたよ。それで、すぐ、藤沢さんに渡しました」

「その手紙の差出人の名前や、住所は、覚えていますか？」

「それが、京都市東山《ひがしやま》　光源氏としか、書いてありませんでした。藤沢さんに、知っているんですかときいたら、知っているというので、渡しましたが」

「彼女は、その切符を使って、京都へ行ったんでしょうか？」

十津川が、きくと、出版部長は、首をかしげて、

「そこまでは、わかりません」

「その切符は、グリーン車の席で、一月十二日か十三日、昼頃の列車だということは、間違いありませんか？」

「その点は、間違いありません」

「彼女は、京都へ行くようなことを、いっていましたか？　それとも、行かないようだったか、そこのところを、知りたいんですが」

亀井が、食いさがった。それが、もっとも、大事な点だったからだが、出版部長は、当惑した顔で、

「そこは、何ともいえません。彼女は、あまり、表情を顔に出す人じゃありませんからね」

「そのあと、彼女に、会っていますか？」

と、十津川は、きいた。

「いや。会っていません。藤沢さんが、どうかしたんですか？」

出版部長が、きき返した。彼も、彼女が、自殺したことは、知らないようだった。兄の敬一郎が、誰にも、知らせなかったからだろう。

二人は、また、藤沢あけみのマンションに戻った。

今夜は、ここで、徹夜になりそうなので、十津川が、管理人に、ラーメンを出前してもらうように、頼んだ。

それを食べてから、小さな捜査会議が、開かれた。

「時間的には、合っているんだよ」

と、十津川は、三人の顔を見回した。

「京都の光源氏が、送ってきた新幹線の切符を使って、藤沢あけみは、京都に行った。それが一月十二日か、十三日だ。そこで、彼女は、大きく傷ついた。だから帰って来て、彼女は、睡眠薬自殺をしてしまった。兄の藤沢敬一郎は、それを知った。彼は、妹に対して、負い目を持っている。それで、彼は、自分が、何もしてやれなかった妹のために、仇《かたき》を討つ決心をした」

「多分、藤沢も、われわれと同じように、検索して、光源氏のことを知ったんだと思います」

と、西本は、いった。

「そうだと思う。そこで、藤沢は、妹の死んだことは、伏せておいて、光源氏に、インターネットで呼びかけたんだろう。アケミとしてね。彼女が、まだ生きていることにして、女装し、妹になりすまして、京都へ行ったんだと思う。そして、光源氏に会ったんだ。だが、逆に、殺されてしまった。そういうことじゃないかと思う」

十津川は、いった。

「夜の石塀小路で、藤沢は、光源氏に会ったんですね」

と、亀井が、いう。

「夜なら、光源氏には、兄と妹との区別が、つかなかったのではないかと思う。それで、藤沢が、何をしたか。妹を自殺させたのは、お前だと、難詰《なんきつ》したと思うね。相手を、二、三発、殴ったんじゃないかな。ところが、相手に背中を見せたところを、刺されてしまった」

「多分、そうだと思いますが、光源氏の正体がわかりません」

と、西本が、いった。

藤沢あけみが、光源氏や、サンデイたちと、会話していたのは「愛&ラブ」というコーナーである。

このコーナーを主宰している中央ラインナップというグループに、十津川と亀井は、顔を出してみた。

坪井という責任者に、会った。

十津川が、光源氏の本名と住所を知りたいというと、坪井は、困惑した顔で、

「現在、あのコーナーに、アクセスしてくる人たちの数は、十五、六万人を数えています。京都地区だけでも、二万人はいます。それも、匿名での参加を許可していますので、その二万人に当たって、本名や住所を割り出すのは、まず、無理だと思います」

と、いう。

「しかし、殺人事件が、絡んでいるんですがねえ」

十津川が、いうと、今度は、妙に開き直った表情になって、

「うちとしては、交際の場所を提供しているだけでしてね。あのコーナーを通じて知り合った男女が、そのあと、どんな行動に出ようと、うちとしては、責任は、持てないんですよ」

と、いう。予想された言葉だった。

会員の名簿を見せてもらったが、確かに、厖大《ぼうだい》な人数である。それに、いちいち、詳しく調べてから会員にするわけにもいかないだろう。

こうなれば、インターネットの上で、藤沢あけみと、光源氏とが交わした今までの会話から、彼の素性を、推理していくより仕方がなかった。

光源氏は、匿名のかげに隠れているが、藤沢あけみに、愛をささやくうちに、時々、素性を、ポロリと、出してしまっている。そう思わせるところがある。

それを、十津川たちは、集めていくことにした。

○僕は、京都のS大を出ていて、在学中は、サッカーをやっていた。

○今は、サラリーマンをしている。

○お客様の接待で、しばしば一流の料亭を使い、顔が利《き》くので、あなたを、そこに招待したい。

○お茶屋は、一見《いちげん》の客は断るが、僕は、顔が利くので、いつでも、あなたを連れて行ける。

○タレントの持田勇とは、親友である。

○サッカーで、大学選手権に出たことがある。MF《ミッドフィルダー》だった。

抜き出したのは、この六項目だった。もちろん、光源氏が、自分を飾り立てるために、嘘をついているのかも知れない。だが、本当のことも、少しは、入っているのではないか。

十津川と、亀井は、それを調べるために、京都に向かった。

8

京都駅には、桧山警部が、迎えに来てくれていた。

桧山は、二人を、新装なった京都駅のコンコースの中にある喫茶店に、案内した。

「こちらでは、捜査が進展しなくて、参っています」

と、桧山は、正直に、いった。

「それは、当然です。事件の根は、東京にあったんですから」

十津川が、笑顔で、いう。

「しかし、藤沢敬一郎を殺した犯人は、京都にいるわけですよ」

「そうですね。容疑者は、光源氏と名乗るチャット仲間です」

十津川は、六項目を書きつけたメモを、桧山に渡した。

「これが、容疑者の人物像ですか」

と、桧山はいい、一項目ずつ、声に出して、読んでいった。

「京都のS大で、サッカーをやっていたのなら、簡単に本名もわかると思います。大学選手権に出ているのなら、なおさらです」

「しかし、嘘かも知れません」

「嘘――ですか？」

「そうです。彼は本名を名乗らず、光源氏という名前で、つき合っていたんです。顔も知らず、インターネット上の文字だけのつき合いですから、どんな嘘だって、つけるんです。それに、どうしても、自分を、良く見せようとしますからね」

「じゃあ、どうします？」

「嘘でも、まったくのでたらめとは、思えないのです。例えば、サッカーですが、まったく、サッカーの知識がなければ、藤沢あけみに、質問された時に、ボロが出てしまいますからね」

「なるほど。それを踏まえて、調べていきましょう」

と、桧山も、肯いた。

三人は、捜査本部に行き、そこで、改めて、捜査会議を開き、十津川が「光源氏」について、説明した。

京都府警の刑事たちが、光源氏の実像を求めて、市内に散って行った。

その間、十津川と、亀井は、殺人現場を見に行くことにした。

あの日の積雪は、あらかた溶けてしまい、冷気だけが、石塀小路に残っていた。

まだ、明るいので、八坂神社から、清水寺《きよみずでら》に抜けて行く観光客が、ついでに、この石畳みの小路を見物していく。

「なぜ、ここで、藤沢は、殺されていたんでしょうか？　夜なら、このあたりは、暗いだけじゃありませんか」

と、亀井が、周囲を見回す。

「犯人に、ここを指定されたか、逆に、藤沢が、ここを指定したか」

「犯人は、このあたりに、住んでいるということですかね？」

「犯人は、ナイフを持っていた。だから、最初から、相手を殺すつもりだったんだよ。そのつもりで、ここへ来たとすれば、犯人は、このあたりをよく知っていて、逃げやすいと考えたんだと思うね」

と、十津川は、いった。

「一つ疑問があるんですが」

「何だ？」

「藤沢敬一郎は、女装して、妹のあけみに化けて、光源氏に会ったわけです。つまり、相手は、藤沢あけみに会うつもりで、ここに来たことになります。それでも、最初から、殺す気だったことになりますか？」

「ああ」

「じゃあ、藤沢あけみを、殺すつもりだった。兄とわかったので、殺したのではないことになってきますね」

「そうだよ。だから、この殺意には、ゆがんだものがあるのかも知れない」

と、十津川は、いった。

しばらく、立っていると、京都の冬は、じんじんと、寒くなってくる。凍るような寒さだ。

二人は、寒さを避けるために、八坂神社の方へ抜け、そこにあった喫茶店に入った。桧山警部には、十津川の携帯電話の番号を教えてあるから、何かわかれば、連絡があるだろう。

ホットコーヒーを注文し、十津川は、煙草に火をつけた。

なかなか、桧山警部からの連絡がない。やはり、光源氏の実像が、つかみ切れないのだろう。

夜になって、やっと、二人は、捜査本部に、呼ばれた。

捜査会議が開かれ、十津川と、亀井は、説明を聞くことにした。

「われわれは、まず、S大に行き、ここ四、五年の間の卒業生の中から、サッカー部員で、大学選手権に出場した男について調べてもらいました。これは、除外していいと、すぐわかりました。というのは、S大のサッカー部は、最近、一度しか、大学選手権に出ていなかったのです。従って、その時の部員は、全員と、すぐ、連絡が取れて、光源氏でないことがわかりました」

と、まず、桧山が話し、次に、各刑事が、自分たちが調べたことを、説明していった。

○S大のサッカー部員でなかったことは、明らかになったが、S大を卒業したことは、間違いないらしい。なぜなら、S大は、京都での大学ランキングでは、下位の方で、もし、藤沢あけみの気を引くためなら、京都大学ぐらいを、いったに違いないからである。

○京都の有名料亭として、五つの店を選び、そこを、よく使っている会社で、二十代の若い社員のリストを、作ってもらった。

○京都には、百軒を超すお茶屋がある。そのお茶屋を、接待に使っていた会社の社員のリストを作ってもらった。

○石塀小路は、狭い。自由に走り回れるのは、軽自動車だが、女性には、好かれない。だから、小型のスポーツカーを、持っているに違いないと考え、所有者のリストを作ることにした。

○サッカー部員ではなかったが、サッカーの同好会にいたことが考えられるので、そのリスト。

こうして、出来あがったリストを見比べ、そのすべてに出てくる人間の名前を、マークしていく。

この作業は、簡単ではなかった。

翌日の夕方までかかって、やっと、三人の男の名前が、浮かび上がってきた。

高橋　勇（二五歳）

辻　君彦（二七歳）

三枝《さえぐさ》　徹（二七歳）

この三人である。

だが、すぐには、事情聴取はせず、府警は、周辺から、かためていった。それには、十津川も、賛成した。微妙な事件だから、慎重を期したかった。

まず、パソコンを利用しているか、最近まで、利用していたかの調査だった。パソコンを使ったことがなければ、犯人ではないことになるからだった。

その結果、三枝徹の名前が消えた。彼は、一度も、パソコンを使ったことがなく、所持もしていないとわかったからである。

残る高橋と、辻は、同じような経歴を持っていた。

同じS大の卒業で、辻の方が、二年先輩である。二人とも、独身ということも同じだった。

高橋は、観光会社の社員で、辻は、K食品の社員である。

二人とも、営業関係だから、接待に、クラブや、有名料亭、それに、京都だから、お茶屋を利用している。

二人の写真も、手に入った。

どちらも、現代の若者らしく、細面で、一見すると、優しい顔立ちである。

高橋の持っている車は、ポルシェ911で、辻の方は、新車で、国産の小型スポーツカーに、乗っていた。

十津川と、亀井は、二人の顔写真に見入った。

「このどちらかに、藤沢あけみは、会いに来たのだろうか？」

「送られた、新幹線の切符を使ってですか」

「もし、そうだとすると、一月十二日か、十三日に、彼女と京都で会っているわけだよ。当然、この日は、京都駅に迎えに行き、得意の料亭や、お茶屋へ連れて行ったはずだ」

と、十津川は、いった。

「それを調べてみましょう」

と、桧山は、いった。

一月十二日も、十三日も、ウイークデイである。二人とも会社に出ているはずだった。

××書院の出版部長の話では、藤沢あけみに送られてきた切符は、一月十二日か、十三日の昼頃の列車だったという。

とすれば、京都着は、午後三時前後だろう。当然、早退して、迎えに行ったはずである。

府警の刑事たちは、高橋と辻の二人について、この日、彼等が早退したかどうかを調べた。

高橋は、十二日の午後、カゼで寒気がするといって、早退し、辻の方は、五時まで、勤務してから帰宅していた。

「まず、高橋を、任意で、呼びましょう」

と、桧山は、いった。

高橋が、捜査本部に、やって来た。少し、怯《おび》えているように、見えた。それは、三人の刑事が、相手をしたからかも知れない。

最初は、主として、桧山が、訊問《じんもん》した。

「君は、パソコンを、やっているね？」

「ええ。楽しいし、役に立ちますから」

「チャットは、どうだ？」

「知っていますよ」

「君は、やってないのか？」

「そんなことをきいて、どうするんです？　僕が、何か疑われてるんですか？」

急に、高橋の表情が険《けわ》しくなった。急に変わるのは今の若者の特徴だろう。

「インターネットで、君が使っている名前は、光源氏かね？」

「何をいいたいんです？」

「二月十六日の夜は、どうしていた？」

桧山は、矢つぎ早に、質問を、ぶつけていった。

「二月十六日って？」

「京都に、二度目の大雪が、降った夜だよ」

「あの日なら、夜は、自宅マンションで、コタツに入ってテレビを見てましたよ」

「どんなテレビだ？」

「どんなって、いろいろですよ。僕は、チャンネルを変えるのが好きだから」

「アケミという名前を知っているね？」

「アケミ？」

「藤沢あけみだよ」

「知りませんよ、そういう名前の女は。誰なんです？」

「ナイフを、持っているんだろう？」

「持っていますが、悪いことに、使ったことは、ありませんよ。僕は、アウトドアが好きで、そんな時に、使うんです」

「最近それで、人を刺したことは？」

桧山がきくと、高橋は、険しい顔になって、

「バカなことを、いわないで下さい！」

と、叫んだ。

「君は、パソコンが好きで、よく使うとすると『愛&ラブ』というコーナーのあることは知っているね？」

　十津川が、桧山に代わって、きいた。

　高橋は、一瞬、戸惑いの色を見せてから、

「知っています」

「あれには、全国で、十五万人もの人間が、入っていて、毎日、インターネット上の友人や恋人と、会話をしているんだそうだね？」

「そうですか？」

「君も、やっているんだろう？」

「やっていませんよ」

「君が、光源氏の名前で、インターネット上の女性と会話を楽しんでいると、聞いたんだがねえ」

　十津川が、カマをかけるように、いった時、府警の若い刑事が取調室に入って来て、桧山に、何か囁《ささや》いた。

　桧山が顔色を変えて、十津川と、亀井の二人を、廊下へ連れ出した。

「困ったことが、わかりました」

「どうしたんです」

「あの高橋ですが、お茶屋にも、有名料亭にも、今年になって、一回も顔を見せていないんですよ。まして、藤沢あけみと一緒にはです」

「お茶屋は、数が多いでしょう？」

「すべてのお茶屋に、当たってみました。有名料亭にもです。あの男は、藤沢あけみを、どこにも、連れて行っていないんです。とても、彼が、彼女の相手だったとは、思えなくなりました」

桧山の言葉で、十津川も、驚き、

「もうひとりの辻の方は、どうなんです？」

「今、彼についても、急いで、調べています」

と、桧山は、いった。

高橋の方は、釈放せざるを得なくなった。

その日のうちに、辻についても、捜査結果が、集まってきた。

こちらも、芳しいものではなかった。

辻の方は、今年に入ってから、一度、有名料亭に行き、二回、行きつけのお茶屋で遊んでいるが、どちらも、接待であって、上役も一緒であり、藤沢あけみの姿は、見られていないということだった。

この結果に、十津川も困惑し、府警の捜査本部も、当惑した。

「藤沢あけみを迎えて、どこにも案内せず、いきなり、自分のマンションに、連れて行ったんじゃありませんか？」

と、府警の若い刑事の一人が、いった。

「それは考えられないよ」

桧山がいい、十津川も、同感だった。

高橋にしても、辻にしても、どちらかといえば、相手に対して、自分をよく見せたがる性格に思える。そんな男なら、初めて会った女性に対して、自分を、格好よく見せようとするに、決まっている。

まず、有名料亭や、お茶屋に案内して、自分の力を誇示するに、決まっている。

光源氏は、インターネット上の会話でも、それを、自慢していたのだから、あけみを、連れて行かないはずはないのである。しかも、一月十二日、十三日の両日とも、雨も、雪も、降らなかった。とすれば、高橋、辻のどちらも、藤沢あけみを、京都案内に連れて行かないというのは、どう考えても、不自然である。

片岡本部長も、やはり、躊躇《ためらい》を見せた。

「これでは、二人のどちらにも、逮捕状は、取れないだろうな」

と、片岡は、いった。

9

捜査は、最初から、やり直しということになった。

府警の桧山警部たちも、がっかりの表情だが、一番、痛手を受けたのは、十津川と、亀井である。

二人は、その日のうちには、帰京せず、もう一日、京都に、滞在することにした。殺人事件が起きたのは、あくまで、京都である。その町で、なぜ、失敗したのか、その原因を、考えてみたかったのである。

翌日は、おそく眼が覚めた。昨夜は、寝床に入ってからも、さまざまに、考えをめぐらせて、結論がつかめず、夜明け近くまで、眠れなかったのである。

昨日は、石塀小路近くの日本旅館に泊まった。

カーテンの隙間《すきま》から、柔らかい冬の陽射しが、入り込んでいる。

十津川は、起きあがり、籐椅子《とういす》に腰を下ろして、朝の煙草に火をつけた。

先に起きていた亀井が、洗面所で顔を洗って、戻って来た。

彼が、カーテンを開けると、小さな中庭が見えたが、池にはうすく、氷が張っていた。

「今夜おそく、雪が降ると、テレビで、いっていました」

と、亀井が、いう。

仲居が、朝食を運んで来てくれた。

「さあ、食べよう」

十津川は、掛声をかけるように、膳の前に、腰を下ろした。

「府警は、もう一度、事件を捜査し直すようなことを、いっていましたね」

「私としても、捜査の根《もと》になる資料を持って来たのに、こんなことになって、申しわけない気がしているんだ。容疑者のリストを作って、高橋と、辻の名前が、浮かんできた時は、これで、決まりと思ったんだがね」

十津川は、箸《はし》を置き、また、煙草に火をつけた。事件が、壁にぶつかると、どうしても、禁煙どころか、節煙も出来なくなってしまうのだ。

「警部は、どう思います？」

亀井が、きく。

「府警は、捜査をし直すというんでしょう？　しかし、高橋や、辻たちの他に、容疑者が、浮かんでくると、思いますか？」

「別の容疑者を、探すことは、確かだよ。同じでは、また、行き詰ってしまうんだから」

「しかし、捜査の基礎は、われわれの持って来たインターネットの記録しかないわけです」

「だろうね」

「そうなら、別の結論は、出てこないと思いますよ」

「カメさんは、何をいいたいんだ？」

「兄の藤沢敬一郎のことを考えていたんです。彼は、三年間、妹のあけみと断絶していたんです。そして、突然、妹が自殺したのを知り、妹の自殺の原因を調べ、それが、京都の男にあると思い、妹に化けて、彼に会いに出かけたのは、確かでしょう？」

「そう思っている」

「なぜ、藤沢は、その男を、見つけ出せたんでしょう？」

「それは、もちろん、私たちと同じように、インターネットの記録を見たんだろう。

そして、妹になりすまして、アケミが、生きていることにして、また、呼びかけたんだと思うね。もう一度、会いたいと。相手は、それに応じて、京都へ来いと、いった。そこで、藤沢は、女装し、妹に化けて、石塀小路へ出かけたんだよ」

「しかし、警部。われわれは、当初、光源氏と思われる男を、三人追っていたんです。もし、その三人が、同時に、藤沢の呼びかけに、応じたら、どうなったと思います？　藤沢は、どうやって、三人のうちの誰が、妹を自殺に追いやった相手と、見分けることが出来たんでしょう？　インターネットの呼びかけに応じた男が、本当に、本命の男かどうか、わからなかったと思うんですが」

「だが、本命だったんだよ。だから、相手は、ナイフで、藤沢を刺したんだ」

十津川が、いう。もう、二本目の煙草に火をつけていた。

「そのことでも、私は、疑問があるんです」

と、亀井が、いう。

「どこだ？」

「犯人は、藤沢あけみに会ったとしても、ナイフで、刺したはずだと、警部は、いわれました」

「いった。それでなければ、犯人が、あらかじめナイフを持っていた理由の説明がつかない」

「しかし、警部。なぜ、犯人は、藤沢あけみを殺す必要があったんでしょう？」

「それは、京都にやって来た彼女に、ひどいことをしたからだろうね。強引にレイプしたみたいなことだ」

「しかし、今の時代、そのくらいのことで、殺しますか？　また、ニヤニヤ笑って、彼女を、迎えようとするんじゃありませんか」

「ちょっと待て」

十津川は、急に、亀井の言葉を、制して、考え込んでしまった。

そのまま、しばらく、何もいわなかった。灰皿に置いた吸殻が、畳に落ちる。それを、亀井があわてて、拾って、灰皿に捨てた。

「カメさん」

と、十津川は、呼びかけた。

「何ですか？」

「君のいうとおりだ。われわれの考え方は、少しおかしかったんだよ。藤沢敬一郎と、妹のあけみは、愛し合っていた。それは許されぬ愛だから、二人は、自制して、別れた。あけみの方はその寂しさに耐えられなくて、インターネットの上で、友だちを求め、アクセスして来た男たちの中の、京都の男と、親しくなった。と、いっても、もちろん、インターネットの上だけでだ。そのうちに、相手は、会いたいといい、新幹線の切符を送りつけてきた。敬一郎が、京都で殺されているので、われわれは、あけみは、その切符で、京都に行ったと思ったのだが、本当は、来なかったんじゃないか。来なかったと考えれば、高橋か、辻が、あけみと一緒に、料亭へ行ったり、お茶屋へ案内した形跡がないことも、肯けるんだよ」

「しかし、それなら、なぜ、あけみは、自殺し、兄の敬一郎は、京都で、死んだんでしょうか？　おかしいじゃありませんか？」

亀井が、きく。

「彼女が、京都へ来たんじゃなくて、男が、東京に会いに行っていたんだよ」

と、十津川は、いった。

「光源氏がですか？」

「新幹線の切符を、送ったのに、あけみは、京都に来なかった。光源氏は、それで、諦める代わりに、一層、熱をあげたんじゃないか。彼は、あけみが出した本から、出版社気付で、切符を送っている。それなら、彼女の住所を調べることぐらい簡単だと思うね」

「もし、男が、あけみに会いに、東京に行ったんだとすると、どういうことになりますか？」

「その結果として、彼女が、自殺したとすれば、何があったかは、想像がつくじゃないか」

と、十津川は、いった。

「レイプですか？」

「彼女は、兄の敬一郎に対して、異常な愛情を感じていたんだ。だから、京都にも来なかったとすれば、いきなり、上京して、訪れて来た男を、受け入れたとは、とても思えないよ。当然、拒否したと思うね。それで、男は、かっとした。かっとして、レイプしたんじゃないかね。彼女は、抵抗しただろうが、右足が不自由だ。かなうはずがない。彼女は犯されてしまった。問題は、その後の彼女の気持だ。彼女は、兄の敬一郎への愛を抑えるために、別居し、断絶してきた。それだけ、自分の愛を、大事にしてきたともいえるんだ。それなのに、いきなりやって来た京都の男に、犯されてしまった。兄へ申しわけないという気持や、悲しみなどが、入り乱れて、彼女を、自殺に追いやったんじゃないか」

「そこまでは、想像できます」

「自殺した時、あけみは、遺書を残していたんじゃないかな」

「遺書ですか？　兄の敬一郎に対してですか？」

「そうだよ。死を覚悟して、初めて、彼女は、自分の気持を、正直に、兄に打ち明けることが出来たんじゃないかと、思うんだ」

「その遺書には、自分を犯した京都の男のことも書いてあったんでしょうか？」

「私は、書いてあったんじゃないかと思う」

「その理由は？　どうして、そう思われるんですか？」

「敬一郎のマンションには、パソコンはなかった。今までに、彼が、パソコンを買ったり、使ったりしたという形跡はないんだよ。それが、妹のマンションに行って、いきなり、パソコンに接して、インターネットに接続したり、光源氏を見つけ出したりすることが、出来たろうかという疑問が、出てくるんだ」

「とても、私には、出来ません」

「私にも、出来ないよ。それに、時間もなかった。それなのに、藤沢敬一郎は、妹の相手を見つけ出し、連絡を取り、会いに来ているんだよ。だから、私は、遺書があり、それには、京都の男のことが、書いてあったに違いないと、思うのだ」

十津川の声は、次第に、確信に満ちたものになっていった。

「すぐ、桧山警部に会って、話し合いましょう」

と、亀井は、いった。

10

再び、捜査会議が開かれ、十津川の話が、検討された。

本部長が、十津川に、質問する。

「すると、君は、問題の男が、高橋か、辻のどちらかだと思うんだね？」

「そうです」

「どちらだと思うね？」

「高橋の方だと考えます」

「理由は？」

「彼が、一月十二日の午後、会社を早退しているからです。つまり、彼が、新幹線の切符を、あけみに送りつけた人間の可能性がたかいからです。送っておいて、彼は、その日の午後、会社を早退し、京都駅へ、彼女を迎えに行ったんだと思います」

「だが、彼女は、来なかった？」

「そうです。それでも、高橋は、諦めず、今度は別の日に、東京へ、訪ねて行ったんです」

「あらかじめ、行くと、伝えてからかね？」

「いえ、黙ってです。あけみは、インターネット上の会話で、光源氏は、今度、訪ねるとは、話していません。新幹線の切符を送っても、会いに来なかったんです。行きますといえば、断られると思い、男は、いきなり、訪ねて行ったんです」

「なるほどね」

「だが、あけみは、男を受け入れずに、拒否したんだと思います」

「それは、兄の敬一郎に対する愛のためか？」

「私は、そうだと思います。光源氏は、拒否されて、一層、あけみが欲しくなった。あるいは、拒否されて、かっとしたのかも知れません。それで、力ずくで、彼女を、犯してしまったのだと、私は、思っています」

「そのあとは？」

「彼女は、兄宛てに、遺書を書いたんだと思います。それを投函してから、彼女は、自殺した。兄妹は、自分たちの気持を抑えるために、三年間も、行き来もしなかったし、連絡もしなかったんです。それなのに、兄は、妹が自殺すると、すぐ、駆けつけています。遺書を受け取ったからだと考えるのが、自然だと思いますね」

と、十津川は、いった。

「他に、君が、自分の推理が正しいと考える理由は、何だね？」

と、本部長が、きいた。

「藤沢敬一郎が、石塀小路で、刺殺されたことです」

「それは、どういうことなんだ？」

「犯人は、前もって、ナイフを持って、会いに行っているからです。一方、敬一郎は、女装し、妹に化けて会いに行っています。だから、妹が、死んだことは、秘密にしていたんだと思います。ということは、犯人は、あけみでも、刺し殺すつもりだったということになります」

「だから――？」

「彼が、あけみに対して、犯罪的な行為をしていたからでしょう。高橋は、サラリーマンです。今は、この不景気で、いつ、リストラされるかわからない。サラリーマンにとっては、冬の時代です。そんな時、東京から、女がやって来る。彼女は、自分が、東京へ行って、無理矢理レイプした相手です。彼女が、それを、公《おおやけ》にしたら、どうなるのか。だから、話によっては、口をふさいでしまおうと、ナイフを持って行ったんだと、私は考えるのです。だが、来たのは、兄で、手厳しく、難詰されたと思います。だから、一層、殺意を持ったんだと思いますね」

と、十津川は、いった。

本部長は、桧山に、眼を向けた。

「君は、どう思うね？」

「私も、十津川警部の考えに、賛成します」

と、桧山は、いった。

「問題は、証拠だな」

「それに、アリバイです」

と、十津川は、いった。

「石塀小路の殺人は、夜だし、雪が降って、目撃者はいない。ひとりで、テレビを見ていたといわれてしまえば、それを崩すのは、難しいんじゃないかね」

「そのアリバイではなくて、彼が、東京に、藤沢あけみに会いに行った日のアリバイです。彼女が自殺したのは、二月六日です。その日か、前日に、訪ねたと思います。幸い、日曜日ではありませんから、高橋が犯人なら、この日は、会社を休んでいるはずです」

「よし、その線を攻めていこう」

と、本部長は、決断を下した。

高橋の勤務日誌が、ひそかに、調べられた結果、二月五日は、一日、欠勤していることが、わかった。

彼に対する逮捕令状が請求され、逮捕されて、捜査本部に、連行された。

それでも、平然とした顔をしていたのは、一度、警察が、間違いを犯したことを、知っているからだろう。

「一月十三日なら、きちんと、会社へ行っていましたよ。定時に出勤し、働いています」

高橋は、顔をあげて、十津川や、桧山に向かって主張した。

「いや、二月五日のことだよ。この日に、どこで、何をしていたか、ききたいんだよ」

桧山が、いったとたんに、高橋の顔色が変わった。

「二月五日って、何のことですか?」

「君が、東京へ行った日だよ。東京へ行って、藤沢あけみに会った日のことだよ」

「行っていません」

「駄目だな」

「何がですか？」

「君の指紋を採って、彼女のマンションの部屋についている指紋と照合すれば、すぐわかるんだ。指紋を採らせてもらうよ」

桧山が、いうと、高橋は、ふるえだした。手をつかまれると、その手が、小刻みにふるえているのだ。

11

「東京まで、わざわざ、会いに行ったんだから、喜んで迎えてくれると思ったんですよ」

と、高橋は、蒼ざめた顔で、いった。

「彼女には、好きな人がいたんだよ」

十津川が、いった。

「それなら、なぜ、インターネットで、呼びかけたりしたんです？」

「とにかく、彼女には、本当に好きな人がいたんだ。拒否されて、かっとなったのか？」

「当然でしょう？」

「それで、力ずくで、犯したのか？」

「――」

「レイプは、犯罪だぞ」

亀井が、いった。

「彼女だって、結構、喜んでいたんですよ」

「喜んでいたら、どうして、自殺するんだ？」

「――」

「そのあと、京都へやって来た、彼女の兄さんを殺したな」

「怖かったんですよ」

「何が怖かったんだ？」

「あのあと、彼女から手紙が来たんです。僕を訴えるっていうんです。それが嫌なら、謝罪文を書き、一千万の慰謝料を払えとあったんです。一千万円なんて金、僕にはありませんよ。そうかといって、訴えられたら、僕は、間違いなく、会社を馘《くび》になってしまう」

「それで、会ったら、殺そうと思ったのか？　だから、ナイフを持って、会う場所へ行ったのか？」

「脅そうと、思ったんです。若い女だから、脅せば、何とかなると思ったんです」

「だが、会ってみたら、彼女じゃなくて、兄さんだった？」

「そうですよ。僕の方が怖くなりましたよ。その上、あの男は、妹は、僕に殺されたと叫んで、お前も自殺しろというんです」

「二人だけの身内だったんだ。当然だろう？」

「自殺しろ、出来なければ、殺してやると、怒鳴ったんですよ。眼がすわってましたよ。女装しているだけに、余計、怖かったですよ」

「しかし、妹は、自殺した。そのことで、話したいと、兄の名前で、手紙が来たら、君は、会いに行ったか？」

「――――」

「だから、彼は、女装し、妹として、君に会いに行ったんだ。君は、妹でも、兄でも、殺したんだ」

「怖かったんですよ」

「それが、殺人の理由か。呆《あき》れた男だ」

と、十津川が、ぶぜんとした顔で、いった。

「あけみは、やはり、兄の藤沢敬一郎に、遺書を書いていたんですね」

亀井が、いう。

「そうだな。だから、兄は、妹を自殺に追いやった男が、京都の高橋だと、知っていたんだよ」

と、十津川が、肯く。

「あけみの遺書は、どんな内容のものだったんでしょうか？」

「カメさんは、見たいか？」

「見たいですね。二人が、どんな愛情で結ばれていたのか、知りたいですからね」

「一つだけ、想像がつくことがある」

と、十津川は、いった。

「どんなことですか？」

「何が書いてあったにしろ、その遺書には、間違いなく、兄に対して、ごめんなさいという一言が、書かれていたはずだよ」

「ごめんなさいですか？」

「二人は、兄妹を越えた愛情で、結ばれていた。その愛が、余りにも強くなってしまって、あけみは、別れて、ひとりで、暮らしていた。別れていたからといって、その愛が、弱まっていたとは思えない。かえって、強くなっていたんじゃないか。何とか、その愛情を断ち切ろうと、インターネットで、顔もわからない男と、会話を交わしていたが、それが、出来なかったことは、ひかりの切符を送られながら、京都に行かなかったことで証明されている。だから、あけみは、高橋に犯されたことへの怒りや口惜《くや》しさで、自殺したんじゃないと、思っている。彼女は、そんな自分のことを、兄に対して、申しわけないと思って、自殺したんだよ。本当は、兄に、捧《ささ》げたかったのに、京都の男に汚されたことへの悲しみでだ。私は、そう思っている。だから兄の敬一郎の方も、なおさら、そんな妹が不憫《ふびん》で、仇を討とうと、京都へ行ったんだろう」

琵琶湖周遊殺人事件

1

田中刑事は、捜査一課で、一番大きな男である。身長百八十センチ、今時は、さほど高いということはないが、体重は、百キロに近くなっていた。

アメリカでは、太り過ぎの警官には、イエローカードや、レッドカードが出るらしい。

日本でも、いつ、そんなことになるかもわからない。田中は、そう思い、今まで乗っていた車を捨て、自転車に乗ることにした。

七月中旬に、二日間の休暇をもらい、故郷の長浜へ帰ることにした時も、向こうでは、サイクリングを楽しむことに決めた。

長浜で、田中の両親は、旅館をやっている。

琵琶湖《びわこ》の湖岸に建つ、かなり大きな旅館だった。名前は「北の館」である。

田中は、この旅館の長男に生まれた。旅館の仕事が嫌で、上京し、警視庁に勤めることになったのだが、長浜の家には、妹しかいない。田中が、このまま、後を継がなければ、二十歳《はたち》になったばかりの妹の佐枝《さえ》が、若女将《わかおかみ》ということになってくるだろう。

七月十八日。

田中は、新幹線を、米原《まいばら》でおりた。

ここで、田中は、レンタサイクルを借りた。休みは、二日だけだから、レンタルの方が、安くつくと、計算したのだ。

大きな身体の田中が、自転車に乗った姿は、なかなか、ユーモラスである。だが、器用に走る。もともと、ラグビーの選手だったから、運動神経は、抜群だった。

田中は、すぐに、湖岸に出た。

湖岸をめぐる道路に沿って、自転車専用道路が、走っている。

立派な専用道路だった。舗装されていて、青く塗られて、美しい。その道路が、延々と、琵琶湖をめぐっているのだ。

琵琶湖も、今年は、水量が豊かで、満々と水をたたえている。

田中は、快適に、自転車を走らせる。

湖は、刻々と、変化を見せる。葦《あし》の茂みが続くかと思うと、釣舟が出ていたりする。急に、松林になる。その中に、テントが点在し、砂浜では、家族連れが、泳いでいる。キャンプ場なのだ。

左側に、そんな景色を見ながら、田中は、ペダルをこぐ。

右手の道路を、トラックや、自家用車や、バスが走っている。車の量は、それほど、多くない。

降り注ぐ陽は、真夏のそれで暑いが、湖面を吹いてくる風が、心地良かった。

疲れてくると、自転車を止め、魔法瓶から、冷たい紅茶を、のどに流し込む。

湖面に、小さな浮筏《うきいかだ》があり、その上に、無人の建物が、のっかっているのが見える。まるで、オモチャのチャペルのように見える。

湖の反対側、道路を越えたところに、水田が広がっている。その水田に、琵琶湖の水を送り込むためのポンプがある。道路の下を、水道管が通っていて、ポンプで、それに、水を送り込んでいるのだ。

そんな筏が、いくつか、湖面に、浮かんでいた。

田中は、また、自転車を、走らせる。

遠くに、竹生島《ちくぶじま》が、見えてきた。

(明日は、湖の北にある余呉湖《よごこ》まで、行ってみよう)

田中が、自転車を走らせながら、思ったときだった。

突然、田中は、右太股《ふともも》に衝撃を受け、彼の身体が、もんどりうって、投げ出された。

2

田中の身体は、自転車専用道路に、たたきつけられた。

自転車は、葦の茂みへ突っ込んでいく。田中の太股から、鮮血が、噴出した。

たちまち、血が、青い自転車専用道路にまで、流れ出ていく。

田中は、大きな呻《うめ》き声をあげた。

通りかかったトラックが止まり、運転手がおりて来て、

「大丈夫ですか？」

と、声をかける。

「救急車を呼んでくれ！」

田中は、叫び、ズボンのベルトを抜いて、それで、右足の止血をしようとした。何とか、ベルトを太股に巻きつけ、手で、強く締めつける。その間に、トラックの運転手が、携帯電話で、救急車を呼んでくれた。

七分後に、救急車が、駆けつけたとき、田中は、気を失いかけていた。血は、完全には、止まっていなかったのだ。

田中は、そのまま、救急車で、長浜の救急病院に運ばれた。

すぐにテレビが、事件を伝えた。

〈警視庁の田中刑事、狙撃《そげき》される。一命は取り留めたが、重傷〉

〈琵琶湖の湖岸の自転車専用道路で、サイクリング中〉

夕方になって、上司の十津川警部と、亀井刑事が、病院に、駆けつけてくれた。

その頃には、太股に命中した弾丸は、摘出され、鎮痛剤の注射も、射《う》たれて効《き》いてきていた。

「今、県警の高木警部から聞いてきたんだが、五・五ミリの弾丸だといっていた」

と、十津川が、いった。

「まあ、命に別条がなくて、よかった。ほっとしたよ」

亀井が、いう。

「銃声は、聞こえなかったみたいだね？」

十津川が、きく。

「聞こえませんでした」

「じゃあ、犯人は、サイレンサーを、使ったのか」

と、十津川は、いってから、

「君は、誰かに、恨まれているということはないか？」

「なぜですか？」

「実は、捜査一課に、電話があったんだよ。男の声だ」

十津川は、小型のテープレコーダーを取り出して、田中に聞かせた。

――もし、もし。警視庁の捜査一課か？

「そうです。あなたは？」

――今日、おたくの田中刑事を狙《ねら》った。殺せなかったが、必ず、奴を殺してやる。

「もし、もし。田中刑事を何ですって？」

――必ず、殺してやると、いってるんだ。必ずだ。

「もし、もし。名前をいって下さい」

――田中刑事が、知ってるさ。おれのことを知りたければ、奴にきけ。

「これで、終わりだ」

と、十津川は、テープを止めた。

「声に、きき覚えはありません」

と、田中は、いった。

「しかし、君のことを、恨んでいる」

「それは、わかりますが、覚えがありません。刑事ですから、恨まれることは、あると思いますが、具体的なことは、浮かんでこないのです」

田中が、困惑した顔でいう。

病室のドアが開いて、滋賀県警の高木警部が、入って来た。

「今、現場周辺の訊《き》き込みをやっていますが、なかなかこれといった収穫はありません。銃声をきいた人がいないのです。サイレンサーが、使われたからだと思うのですが」

高木が、いう。

十津川は、彼にも、テープをきかせた。高木は、大いに、興味を示して、

「これは、田中刑事に対する個人的な恨みということになりますかね。そういえば、このあたりの病院に、軒並み、電話してきた男がいます。田中という刑事が、入院していないかどうか、きいて回っているようなのです。男は、田中刑事の友人で、容態を知りたいといっていたそうです」

と、高木は、いう。

「それで、ここに入院していると、答えてしまったんですか？」

「受付の女性事務員が、田中刑事の友人というので、つい、うっかり、ここに入院していると、命に別条はないから、安心して下さいと、答えてしまったと、いっています」

「その男の声は、このテープの声と、同じでしょうか？」

「事務員に、きかせてみましょう」

高木は、テープレコーダーを持って、一階へおりて行ったが、しばらくすると、戻って来て、

「受付の事務員は、よく似ていると、いっています」

と、十津川たちに知らせた。

「同じ声ですか」

「これで、犯人は、田中刑事に、個人的な恨みを持つ男ということになりましたね」

と、高木は、断定するように、いった。

田中は、痛みを堪えながら、ベッドに起き上がって、

「しかし、なぜ、私が今日、湖岸のサイクリング道路を、自転車で走ると、犯人は知っていたんでしょう？」

と、十津川や、高木警部に、問いかけた。

「尾行されていたんじゃないか」

亀井が、いった。

「尾行って、東京から、尾行して来たということですか？」

「そうだよ。そして、君が、米原駅前で、自転車を借りたのを見て、待ち伏せしたんじゃないかね。それとも、共犯がいて、その共犯に連絡して、待ち伏せさせたか」

「ずいぶん、念が入っていますね」

「それだけ、君が、恨まれているということになるんじゃないのか」

亀井は、田中の顔を、覗《のぞ》き込むように見た。

「よして下さいよ。私は、そんなひどいことはしていませんよ」

と、田中は首を横に振ったが、傷の痛みに、顔をしかめた。

「だが、誰かに、ひどく恨まれていることは、間違いないんだ」

十津川が、いった。

夜になると、田中の両親が、心配して、駆けつけたが、思ったより、軽傷だと聞いて、ほっとしたようだった。

十津川は、二人に向かって、

「旅館の方に、息子さんのことで、妙な電話は、ありませんでしたか？　中年の男の声で、息子さんの容態をきくような電話ですが」

と、きいた。

両親は、顔を見合わせてから、

「そんな電話は、ありませんが」

と、いった。

十津川は、田中に、

「どうやら、相手は、君の刑事としての仕事上のことで、恨みを、持っているみたいだな」

「刑事として、恨みを買っているということですか？」

田中は、ベッドに寝たまま、十津川を見上げた。

「そうだと思うんだがね」

「しかし、私は、ひとりで捜査したことはありません。常に、十津川班の一員として動いてきましたし、片山刑事とコンビを組んで、仕事をしています」

「だがね、男は、捜査一課に電話してきて、君を殺してやると、わめいていたんだ。ひとりで、犯人を逮捕したことはなかったかね？　例えば、通勤途中に、痴漢を捕まえたとか、スリを逮捕したとかだが」

「ありません」

「非番の時、酒を飲んでいて、ケンカをしたことは？　ケンカして、相手を殴りつけたというようなことだが」

「そんなことをしていれば、マスコミに叩かれていますよ。それに、私は、こんな図体をしていますが、酒は、飲めないんです」

「そうだな。酒の上のことで、恨まれたわけじゃないということか」

十津川は、迷いの表情になった。

翌日になると、少しずつ情報が入ってきた。

現場周辺から、薬莢《やっきょう》は、発見できなかった。そのことから、犯人は、車の中から、狙撃し、そのまま、逃走したのではないかと、考えられた。

その推理を頭に置いて、改めて、訊き込みをやってみると、現場付近で、怪しい車を見たという目撃者が現れたと、高木警部が、十津川に、知らせてくれた。

「シルバーメタリックのＲＶ車だといっています。事件の前から、現場付近に、停まっていたそうです」

「距離は、どのくらいですか？」

十津川が、きく。

「射たれた田中刑事まで、二十メートルぐらいのところに、停車していたと、いっています」

「田中刑事が射たれたあとは？」

「米原方向に、走り去っています」

「ナンバーや、乗っていた人間のことは、わかっているんですか？」

「それが、両方とも、わかりません。ただ、トヨタのＲＶ車だと思うという証言です」

と、高木は、いう。

田中の乗っていた自転車も、葦原から、引き揚げられた。前輪のタイヤが、ひん曲がってしまっていた。

十津川と、亀井は、現場に、足を運んだ。

青い自転車専用道路には、まだ、血痕《けっこん》が、残っていた。

高木が、一緒に来て、不審なRV車の停まっていた位置を、教えてくれた。確かに、距離は、二十メートルくらいだろう。

どんな銃が使われたか、まだ、わからないが、普通のライフルなら、命中させるのは、そう難しくはあるまい。

それを考えると、田中は、右の太股を射たれたが、命に別条がなかったのは、好運だったといわざるを得ない。自転車で走っていたから、犯人は、命中させられなかったのか。

二人が、病院に戻ると、出入口のところで、県警の鑑識が、忙しく、動き回っていた。

十津川が、何かあったのかときくと、出入口のガラスに、銃弾が射ち込まれているのが、わかったのだという。

「二カ所に、穴があいていました。今、弾丸を探しているところです」

と、鑑識が、教えてくれた。

二発の弾丸は、入口の強化ガラスを貫通し、壁に、めり込んでいた。

昨夜、射ち込まれたらしい。

見つかった弾丸は、すぐ、田中の右股から摘出された弾丸と、照合された。

やはり、同じ五・五ミリの弾丸で、条痕から、同じ銃から発射されたものと、わかった。

「犯人は、田中が、この病院に入院したと知って、腹いせに、二発、射ち込んだんだろう」

と、十津川は、亀井に、いった。

県警の見解も、同じだった。

「執念深い犯人ですね」

亀井が、険《けわ》しい表情で、いう。

「それだけ、田中刑事に対する恨みや、憎しみが強いということなんだろう」

「しかし、田中本人が、心当たりがないというのは、どういうことなんでしょうか？」

亀井が、首をかしげた。

「自分では気付かずに、人の恨みを買っているということもあるよ」

と、十津川は、いった。

田中と、いつもコンビで、捜査活動をしている片山刑事を、東京から呼んだ。

「君なら、何かわかるんじゃないかね？　田中刑事が、誰かに、恨みを受けているかどうかだ」

十津川は、長浜に着いた片山に、きいた。

「実は、ここに来るまで、新幹線の中で、ずっと、考えてきました。考えられるのは、捜査上、逮捕した犯人の家族に、逆恨《さかうら》みされているのではないかと、いうことなんですが」

「うん」

「可能性はあると思いますが、私と田中刑事は、いつも一緒に動いていますから、彼を恨む人間は、私のことも恨むはずなんです。しかし、私が、狙われたこともありませんし、脅迫の電話や、手紙を受けたこともありません」

「すると、彼のプライベイトなことなんだろうか？」

「それも、ちょっと、考えられないのです。私は、彼のことを、よく知っていますが、人に命を狙われるようなマネは、しないはずです」

「だが、狙われたんだ」

と、十津川は、いった。

それも、ただ、狙われただけではない。犯人は、田中の入院した病院の出入口に、銃弾を射ち込んでいるのだ。また、田中がいる捜査一課に電話してきて、必ず、彼を殺すと宣言している。

「犯人は、プロじゃありませんか？」

亀井が、十津川に、いった。

「暴力団ということか？」

「そうです。今は、素人《しろうと》でも、銃を入手して、殺人をやりますが、サイレンサーつきの銃というと、プロの仕業《しわざ》ではないかという気がしてくるのです」

「確かに、サイレンサーつきを、素人が使うというのは、ちょっと、考えられないな」

と、十津川も、肯いた。

しかし、田中刑事が、なぜ、暴力団に、狙われたのか？

「新宿のS組の組長を、殺人容疑で、逮捕したことがあったな？」

十津川は、亀井と、片山の顔を見た。

「二年前でしょう。まだ、あの組長は、刑務所の中です」

と、亀井が、いう。

「手錠をかけたのは、田中刑事じゃなかったかな?」

十津川は、その事件を思い出しながら、いった。

「そうですが、たまたま、彼が手錠をかけたので、私も、傍にいました。他の刑事もです」

「そうだったな。私が、逮捕令状を、組長に、突きつけて、田中刑事が、手錠をかけたんだ。S組の人間が恨むんなら、田中刑事より、私の方だろうな」

と、十津川は、いった。

どうも、田中刑事だけが、恨まれ、憎まれている事件は、思いつかないのだ。

3

その日の夕方になって、また、一つ事件が、あった。

小学三年くらいの男の子が、病院に、菓子折を、届けに来たのである。

表には「お見舞い」と、書かれてあった。

受付に来て、その男の子は、

「これを、入院している田中刑事さんに、渡して下さい」

と、いった。

当然、十津川が、不審に思って、その菓子折を調べてみた。

いやに重いし、耳を当てると、かすかに、時計の音が聞こえた。十津川は、狼狽《ろうばい》し、亀井と二人で、湖岸まで持って行き、湖に向かって放り投げた。

次の瞬間、猛烈な爆発音と共に、水柱が、あがった。

時限爆弾が、仕掛けられていたのだ。

県警の刑事が、受付の女性事務員から、子供の人相をきいて、探した。

見つかったのは、この近くの川村徹という小学三年生の子供だった。

湖岸で、釣りをしていたら、中年の男が、やって来て、菓子折を渡し、

「これを、向こうの病院に持って行ってくれ。入院している田中という刑事に渡すんだ」

と、いい、千円をくれたのだという。

その子が、嘘《うそ》をついているとは、思えなかった。子供の証言をもとにして、その男の似顔絵を作ることになった。

出来上がった似顔絵は、帽子をかぶり、サングラスをかけ、おまけに、マスクをしている。

これでは、顔がよくわからない。もちろん、子供に、顔を覚えられないように、こんな格好をしているのだろう。

「とにかく、執拗《しつよう》ですね」

亀井が、呆《あき》れた顔で、十津川に、いった。

高木警部は、部下の刑事たちに、湖の岸近くで爆発した時限爆弾の破片を、水中から、集めるように指示しておいて、

「田中刑事は、よほど、犯人に恨まれているということになりますね」

「それもあるでしょうが、田中刑事が、犯人について、何か思い出さないうちに、殺してしまおうと、焦っているのかも知れません」

十津川は、犯人の似顔絵を見ながら、いった。

話しながら、十津川は、犯人の異常さに、少しばかり、首をかしげてもいた。

十津川自身、二十年近く警察で働いているし、部下の刑事の仕事の難しさも、よくわかっている。凶悪犯に対して、優しく対応できないこともある。相手が、銃を乱射すれば、こちらも、射たなければならなくなる。その結果、犯人に重傷を負わせたこ

ともあった。

それを、犯人の家族が、逆恨みすることもないわけではない。

十津川自身も、死刑になった殺人犯の遺族から、お前が殺したという脅迫めいた手紙を受け取ったことがあった。

だが、田中刑事は、身体に似合わぬ優しい男である。あまりにも優しいので、刑事には、向かないのではないかと、十津川が思ったほどなのだ。

コンビを組む、片山の方は、逆に、気性が激しくて、

「私が、狙われるなら、納得がいきますが、田中が狙われるのは、どうもわかりません。私と間違えているんじゃありませんかね」

と、十津川に、いう。

片山は、容疑者の取調べ中に、かっとして相手を殴りつけ、告訴されたこともある。田中には、そうしたことは、なかったし、これからも、ないだろう。

その田中が、なぜ、狙われるのか。

「女ですかね？」

亀井が、いう。

「女？」

「田中刑事が、暴力的な事件を起こしていて、恨みを買うということは、ちょっと考えられません。となると、女の問題ではないかと、思ったんですが」

「田中刑事は、そんな艶福家《えんぷくか》だったかね？」

「彼は、優しいですから、女性に、もてるんじゃないですか？」

「君は、どう思う？」

十津川は、片山にきいた。

「彼が、女に優しいのは、本当ですが、女のことで、問題を起こしたとは思えません。田中刑事は、優しいから、女を裏切ったりはしないと思います」

片山は、確信のある表情で、いった。

十津川も、そう思う。田中という男は、女に欺《だま》されることはあっても、女を欺すことは出来ないのではないか。

（しかし――）

と、十津川は、思う。

犯人は、執拗に、名指しで、田中刑事を狙い、殺そうとしている

それなのに、田中刑事本人は、思い当たることはないといい、冷静に考えて、彼が、誰かに、それほど、深い恨みを持たれているとは、どうしても、考えられないのだ。

「ひょっとして、犯人が、人違いしていることは考えられませんか」

亀井が、新しい考えを、口にした。

「誰かと、間違えて、狙っているということか？」

「そうです。他の刑事と間違えているということです。例えば、犯人は、相手の顔を知らず、ただ、身体の大きな刑事とだけしか知らずに、狙っているということも、考えられるんじゃありませんか？　また、田中という姓は、平凡で、捜査一課に、もうひとり、田中という刑事がいますから、その田中と、間違えていることも、考えられます」

「となると、犯人は、誰かに、依頼されて、田中刑事を狙っているということになるな。犯人本人が、田中刑事を憎んでいるのなら、顔や名前を間違えることは、考えられないからね」

十津川は、難しい顔になっていた。

どうも、推理が、現実離れしてくるのだ。金で、殺しを請け負う殺し屋か。

高木警部が、爆発物の検査結果を携《たずさ》えてやって来た。

「例の爆発物の検査結果を知らせに来ました。使用された爆薬は、ダイナマイト二本分と思われます。非常に古典的な時限装置で、市販の目覚時計が、利用されているということです。時間がくると、電流が流れて爆発する仕掛けです」

と、高木が、いった。

「確かに、古典的な装置ですね」

「そうでしょう。田中刑事の狙撃には、サイレンサーつきのライフルを使ったと思われるのに、時限爆弾の方は、お粗末です」

「あの菓子折は、異常に重かったし、耳に当てると、時計の音が聞こえましたよ。音の出ない目覚時計だって売っているのに、なぜ、そんな時計を、使ったんですかね。そこが、わかりませんね」

十津川は、首をかしげた。

「他にも、おかしいことは、あります」

亀井が、いう。

「何が、おかしい？」

「犯人は、わざわざ、捜査一課に電話してきて、田中刑事を殺すと、脅しました。病院も確かめた。当然、こちらは、警戒します。そこへ、怪しげな見舞いの菓子折が届けば、誰だって、警戒しますよ。犯人は、そんなことも、わからなかったんですかね？」

「そうだね。犯人の行動は、爆弾に関する限り、少しばかり、バカげている」

「そうです。時限爆弾を送りつけるのに、なぜ、警戒させるようなことをしたのか、理解に苦しみますよ。脅迫電話の他に、病院の出入口のドアに、銃弾を射ち込んだりしているんですから」

「だが、犯人は、バカげたことをやっているんだ」

十津川は、当惑し、険しい眼になっていた。

4

田中の傷は、どんどんよくなっていく。もともと、体力がある男なのだ。

彼が、射たれてから、一週間がたった。

犯人は、時限爆弾のあと、これといった動きは、見せていない。

この日の夜になって、十津川に、東京から、電話が、入った。西本刑事からである。

「今、田中刑事のマンションで、火災が発生したという知らせが、入りました！」

と、西本が、興奮した口調で、いう。

「火災？」

「そうです。国立《くにたち》のマンションです。日下《くさか》刑事が、確認に、行っています」

「彼の部屋が、焼けているのか？」

「ちょっと待って下さい。日下刑事から、電話が入りました」

西本の声が、いったん、電話口から離れ、すぐ戻ってきて、

「間違いありません。火災は、消し止められましたが、506号室、田中刑事の部屋だそうです」

と、報告した。

「間違いないんだな？」

「消防と、地元の警察が、確認したそうです」

西本が、大きな声で、いう。

「放火されたのか？」

「そうだと思います」

「どういうことなんだ？」

「私にもわかりません」

十津川は、電話を切ると、病室にいる亀井たちに、火事のことを知らせた。

「すぐ、東京へ戻ります」

と、田中がベッドから起き上がった。

「大丈夫なのか？」

「もう、歩けます。犯人は私を、とことん、やるつもりなんです。東京に戻って、犯人が、何のつもりで、私の部屋に放火したのか、調べてみます」

田中が、息まいた。

「よし、全員で、東京に戻ろう」

十津川が、決断するように、いった。

翌日、十津川は、タクシーを呼び、病院から、田中を退院させ、全員で、米原駅に向かった。

新幹線に、乗る。列車が、名古屋駅に近づいたところで、十津川は、片山刑事に向かって、

「君と、田中刑事は、このまま、東京に戻れ。君は、彼を守ってやってくれ」

と、いった。

「警部は、どうするんですか？」

「私と、カメさんは、名古屋で、おりる」

「なぜですか？」

亀井に、

「質問は、するな」

と、十津川は、いった。

十津川と、亀井は、名古屋でおりた。

ホームで、田中と、片山を見送ってから、十津川は、

「夜になってから、長浜に戻る」

と、いった。

「説明して下さい」

亀井が、いう。

十津川は、新幹線では戻らず、夕方になって、名古屋駅で、レンタカーを借りた。

その車の中で、十津川は、自分の考えを亀井に、説明した。

「東京の火事は、犯人の仕業だと思っている」

「同感です」

「犯人は、何とか、田中刑事を、というより、われわれを、東京に、引き戻そうとしていると思った」

「それも、同感です」

「それで、犯人の狙いどおりに動いてみることにしたんだ」

「われわれが、長浜に戻る理由は、何ですか？」

「田中刑事が、誰かの恨みを買う理由が、なかなか、見つからなかった」

「しかし、犯人は、執拗に、田中刑事を狙いましたよ」

「だが、成功しなかった」

「やり方が、拙劣《せつれつ》だったからです」

「そのとおりだ。なぜ、拙劣だったんだろう？」

「なぜといわれましても、犯人に、きいてみるより仕方がありませんが」

「犯人は、わざと、拙劣にやったんじゃないだろうか？」

十津川は、いう。亀井は、変な顔をした。

「あれだけ、執拗に、田中刑事を狙っているのに、わざと、下手《へた》にですか？」

「殺す気はなかったんじゃないかと、私は、思うんだがね」

「しかし、彼は、サイクリング中に、狙撃されたんですよ。足に命中したから、命は、助かりましたが、一歩間違えば、死んでいます」

「それで、私は、迷っていたんだ。本当に、田中刑事を殺す気だったのかも知れないと思ってね。だが、そのあとは、拙劣の連続だ」

「どういうことになるんでしょうか？」

「サイクリング中の田中刑事を射ったのも、彼に命中させる気じゃなかったのではないかと考えた」

「そうはいっても、じゃあ、何のために犯人は、サイレンサーつきのライフルで、射ったんですか？」

「狙ったのは、自転車じゃないだろうか？」

「乗っている人間ではなくてですか？」

「そうだ、自転車だ。タイヤに、命中させる。当然、自転車は、転倒する」

「するでしょうが、何のためですか？」

「サイレンサーで、自転車を転倒させる。誰も、ライフルで狙われたとは考えない。普通のタイヤのパンクだと思う」

十津川は、ポケットから、新聞の切抜きを取り出して、亀井に、示した。

〈湖畔の自転車専用道路で、サイクリング中のサラリーマンが負傷。タイヤがパンクし、転倒〉

「そこに、最近になって、三台目と書いてある」

「そうですね」

「最近の自転車は、そんなに簡単に、パンクなんかしないんじゃないかね」

「そうでしょう」

「それなのに、続けて、三台も、パンクし、転倒している」

「ええ」

「この三つの事件だが、犯人が、サイレンサーつきのライフルで、車の中から、あの自転車専用道路を走行中の自転車を狙って、射ったんだと思うんだよ」

「そして、四台目に、田中刑事の自転車が、狙撃されたということですか？」

「だが、それが、外《はず》れて、田中刑事の太股に、命中させてしまったんだ」

「少し、とっぴな気がしますが――」

「だが、そう考えると、辻褄《つじつま》が合ってくるんだよ。犯人は、狼狽した。事件になってしまったからだ。テレビや、新聞は、負傷したのが、警視庁捜査一課の田中という刑事だと、告げた。犯人は、ますます、狼狽した。自分が、射ってしまった相手が、現役の刑事とわかったからだよ。犯人は、人間を射つつもりはなかったからだ。本当の意図を知られては困る。そこで、必死になって、動機隠しに、奔走した」

「それが、捜査一課への脅迫電話ですか？」

「そうだよ。田中刑事を恨んでいる人間が、彼を狙ったことにしたかったんだ。だが、殺したのでは、もっと、大事《おおごと》になってしまう。徹底的な警察の捜査が始まってしまう。だから、拙劣な方法を取った」

十津川は、そこまで話してから、レンタカーを、スタートさせた。

「最後には、東京の田中刑事のマンションに、放火したわけですね」

亀井が、助手席から、十津川を見て、きいた。

十津川は、名神高速を、米原ジャンクションに向かって、走らせながら、

「犯人は、われわれを、何とかして、東京に、戻らせたかったんだ。東京の田中刑事のマンションに放火すれば、犯人は、東京にいると思い、われわれが、戻ると、計算したんだろう」

「なぜ、そんな面倒なことをしたんでしょうか?」

「長浜に戻れば、それが、わかると思っているんだがね」

と、十津川は、いった。が、さほど自信があるわけではなかった。

米原ジャンクションで、名神高速を出ると、十津川は、湖岸を走る道路に向かった。

夜の暗い湖面が見えた。

左手に、自転車専用道路が、青く、浮かび上がっている。それが、延々と、湖岸を

めぐっている。

青いアンツーカーの美しい自転車専用道路だ。

長浜市内に戻り、警察署に着くと、十津川たちは、高木警部に、会った。

「十津川さんにいわれて、調べましたが、八月の湖水まつりに合わせて、湖岸を一周する『ツール・ド・びわこ』が、おこなわれます」

と、十津川に、いった。

「いつですか？」

「八月八日です」

「じゃあ、もう半月ないんだ」

「そうです。その『ツール・ド・びわこ』は、日本中の有力選手が、出走する、大きなイベントになっています」

と、高木は、いう。

「しかし、金は、かかっていないんでしょう？」

「そうなんですが、これが、ひそかに、賭《かけ》の対象になって、厖大《ぼうだい》な賭金が、動くといわれているんです。インターネットにも、この『ツール・ド・びわこ』に出走する選手が、紹介され、オッズまで、出ているそうなんです」

「どのくらいの金が、動くんですか？」

「わかりませんが、何億、いや、何十億という金だといわれています」

高木は「ツール・ド・びわこ」に出走する有力選手の名前を書いたリストを見せてくれた。

「今、各地で、ロードレースがおこなわれていて『ツール・ド・びわこ』が、その総決算になるわけです。各地で闘って、その結果が点数になっていて、その順番で、ナンバーがふられています。今、一番点数の多いのが、1番の古井選手です。以下、獲得した点数順に、ナンバーが、ついています」

「そして『ツール・ド・びわこ』で、日本一が、決まるわけですか？」

「そうです」

「厖大な金がかかっていると、いわれましたね？」

「そうです」

「当然、ここまで、ナンバーワンの古井選手が、最有力ということになりますね」

「この選手リストは、インターネットに堂々と発表されて、賭の参考にされているのです。各地のレースの成績を、インターネットで発表するのは、別に、罪にはなりませんから」

「何十億と動く、この賭の胴元は、誰なんですか？」

「N組だという噂《うわさ》ですが、確証は、ありません」

「『ツール・ド・びわこ』は、テレビで、放送されるんですか？」

「全国ネットで、放送されます。つまり、全国的な賭博《とばく》を、客は、全国放送で、見られるというわけですよ」

と、高木は、いった。

「競技は一般道路で、おこなわれるんでしょう？」

「湖岸をめぐる道路の片側車線を使って、おこなわれます。八月に入ると、選手は、自転車専用道路を使って、練習を開始するはずです」

「犯人も、専用道路を使って、狙撃の練習をしていたことになりますね」

十津川は、自分の推理に、少しずつ、自信を持って、いった。

犯人は、八月八日から始まる「ツール・ド・びわこ」で、有力選手の自転車を狙撃する気なのだ。

「レースの詳しいことを知りたいんですが」

「長浜城を出発して、湖岸を一周して、長浜城に戻ってくるレースです」

「すると、田中刑事が射たれたあたりが、最終コーナーとなるわけですね」

「そうです。八月八日から、三日間かけて、一周します。その最終コーナーです」

と、高木は、いう。

「犯人は、そこで、狙う気なんだと思いますね」

と、十津川は、いった。

「選手は、時速五十キロぐらいで走るわけでしょう?」

亀井が、いった。

「そのくらいは、出るでしょうね」

「その自転車のタイヤを狙うのは、難しいでしょうね」

「だから、犯人は、練習を、繰り返したんだよ」

十津川が、いい、壁にかかっている琵琶湖の地図に眼をやった。

犯人はサイレンサーつきで、優秀な狙撃銃を持っているのではないか。

何しろ、時速五十キロ以上で走る自転車のタイヤを狙うのだ。照準器もついているかも知れない。

普通、狙撃銃は、口径が、七・六二ミリだが、アメリカ軍が、制式銃として使用しているM16の、改良型、M16A2は、五・五ミリ、正確には、五・五六ミリ弾を使用する。

田中刑事の右股から摘出された弾丸は、五・五ミリだから、このM16A2ではないだろうか。

M16A2は、ロシアのAK47と、世界を二分する傑作ライフルといわれているものである。

これに、照準器と、サイレンサーをつけ、犯人は、使用しているのではないか。

M16A2は、日本にいる米軍が、使用しているから、入手しやすいだろうし、グアムなどに行けば、練習が出来る。

十津川は、前に、ライフルで、連続殺人をおこなう犯人と対決したことがあるが、その時、犯人が、使用したのが、M16A2だった。その犯人は、日本にいる米軍から、手に入れたのである。

八月一日。長浜署で、滋賀県警の捜査会議が開かれ、十津川と、亀井も、出席した。

その会議で、十津川は、自分の推理を、話した。

「田中刑事が、射たれた事件は、犯人が、彼を狙ったのではなく、自転車のタイヤを、狙ったものと考えます。八月八日から開催される『ツール・ド・びわこ』が真の狙いです。そこで、有力選手の自転車を狙い、転倒させ、賭博で、大金を手に入れることが、目的です」

「それが間違いないという証拠があるのかね?」

県警本部長が、きく。

「確証はありません。しかし、最近、湖岸の自転車専用道路で、三台の自転車が、立て続けに、パンクして、転倒し、乗っていた人間が、負傷しています。最近の自転車は、そんなに、簡単に、パンクしたりしないはずなので、おかしいと思うのです」

「その三台の自転車は、調べたのか?」

本部長が、高木に、きく。

「いえ。単なるパンクと考えられるので、われわれが、調べることはしていません」

「続けてくれ」

と、本部長が、十津川を見た。

「すべて『ツール・ド・びわこ』で、有力選手を、着外に落とすための練習を、やっていたのだと、思います。犯人は、七月十八日も、練習のつもりで、たまたま、自転車を借りて、専用道路を走っている田中刑事を射ちました。田中刑事ではなく、彼の乗っている自転車のタイヤを狙ったのですが、それが外れて、彼の太股を射ってしまいました。犯人は、失敗してしまったのです。犯人が、一番恐れたのは『ツール・ド・びわこ』で、有力選手の自転車を狙うことが、バレてしまうことです。そこで、必死になって、田中刑事に、恨みを持つ者の犯行に見せかけたのです」

「それは、間違いないんだろうね？」

「田中刑事のことは、よく知っていますが、彼は、温厚な青年で、人の恨みを買うような人間ではありません。それは、私が、断言します。それに、犯人は、田中を殺してやると、わめくわりに、実際にやることは、とても、田中刑事を、殺すようなことではありませんでした。実際に殺してしまえば、殺人事件として、警察が捜査を開始するので、それでは、困るわけです。犯人としては、田中刑事を射ってしまったことの真相を知られるのが、一番困るのです。だから、動機隠しに、田中刑事を、狙ったのです。何回も」

「そこまでは、わかった。君の推理が、当たっているとして、犯人は、誰なんだ」

「『ツール・ド・びわこ』は、大きな賭の対象になっていて、胴元は、N組と聞きました」

「N組は、地元の暴力団だ」

「N組に関係している人間が、真犯人だと思っています」

「それだけでは、漠然としすぎるな。N組は、組員が、全国で、一万人近くいるといわれているし、組幹部も、県内だけでも五十人近いんだ」

本部長は、難しい顔で、いった。

「犯人は、中年の男で、アメリカ本国か、グアムあたりで、射撃の訓練をしてきたと思います。そして、M16A2を手に入れている。声も、録音してあります」

と、十津川は、いった。

広域暴力団のN組だったら、田中刑事の地元の、高校時代の同級生や、あるいは、両親のやっている、旅館の使用人から、田中の東京の住所を、聞きだすことも、簡単に出来ただろうし、また、東京の傘下の下部組織に依頼して、放火することも出来たはずだ。

翌日から、県警の刑事たちは、N組の内偵を始めた。

また、この日から「ツール・ド・びわこ」に出場する全国の選手が、集まり、湖岸の自転車専用道路で、練習を、始めた。

十津川たちは、この「ツール・ド・びわこ」の主催者には、今回の事件のことも、犯人のことも、話さなかった。競技が、混乱することを、恐れたためである。

その代わり「ツール・ド・びわこ」が始まる八月八日までに、犯人を逮捕する必要があった。

時間は、あまりなかった。

N組の幹部の中で、何人かが、ハワイや、グアムに、旅行していることがわかった。

そのうち、長期にわたって、グアムに滞在したのは、三人であることがわかった。

いずれも、四十歳前後の年齢である。

その中には、グアムで、銃を射ってきたことを自慢する者もいたし、何も喋《しゃべ》らない男もいた。

十津川は、この三人の声を、録音したいと思った。

県警の第四課の刑事に、県警本部長を通して、協力してもらうことにした。

四課の沼田という警部が、十津川の、相談にのってくれた。

「この三人の声を、採ってきて欲しいんです。出来れば、内密にです」

と、十津川は、沼田にいった。

「内密というのは、どういうことです？」

「われわれが、真相に、気付いていないと、思わせたいのです。何か、この三人に会って、事情聴取をする理由がありませんか？」

「最近、N組が、覚醒剤に手を出しているという噂があるのです。その件で、この三人だけでなく、幹部の全員に、事情聴取をやってみましょう。どうせ、やることになっていたから、ちょうどいい」

と、沼田は、いってくれた。

五十人の幹部の事情聴取は、二日間にわたって、おこなわれた。その中には、問題の三人の幹部の声のテープも入っていた。

十津川たちは、その三人の声と、捜査一課にかかってきた声のテープを、照合した。

その結果、浮かびあがってきたのは「久保恵一」という男だった。

年齢四十二歳。N組の若頭《わかがしら》である。

グアムには、しばしば旅行していた。それも、一回が一カ月という長期にわたっている。

また、久保の下に、RV車を持っている若い組員が、いることも、わかった。

久保の写真も、手に入った。

だが、これだけでは、彼を逮捕することは、出来ない。彼が、ライフルを持っていて、田中刑事を、狙撃した証拠が、必要だった。

「ツール・ド・びわこ」で、彼が、有力選手を狙撃する瞬間を逮捕したらいいという意見も、県警の中にはあったが、その考えは、採用されなかった。

危険すぎたからである。田中刑事のように、弾丸が、自転車のタイヤに命中せず、選手に命中してしまうことも、考えられたからだった。

第一「ツール・ド・びわこ」が、狙われると知っていて、それまで、待つわけには、いかなかった。

久保は、長浜市内に、事務所を、持っていた。

湖岸寄りに、事務所があった。十津川は、亀井と、その事務所を、まず見張ることにした。

事務所に踏み込んでもいいのだが、そこで、田中を射ったライフルが、見つからなければ、いたずらに、相手を用心させてしまうことになる。

高木警部の協力を得て、十津川は、我慢づよく、久保の事務所を、監視した。

八月八日が、近づいてくる。

「ツール・ド・びわこ」の大きな看板が、目立つようになってきた。

久保は、これといった動きを見せず、事務所に、張りついている。

久保が動かなければ、十津川たちも、動けない。

八月七日になってしまった。

明日は、いよいよ「ツール・ド・びわこ」である。

夜遅く、急に久保が、事務所を出た。組員の運転するRV車に乗る。

「例のライフルを預けておいた所へ行くんじゃありませんか？」

と、亀井が、いった。

RV車が向かったのは、同じ長浜市内の小さな旅館だった。

そこで、組員だけが、車からおり、旅館の中に入っていくと、二十分ほどして、出て来た。

肩には、ゴルフバッグを担いでいる。

（あの中に、ライフルがある）

と、十津川は、推理した。こんな夜遅く、ゴルフ道具を取りに来るというのが、おかしいのだ。

組員が、RV車に戻り、発車した瞬間、高木が、覆面パトカーを、その鼻先に、突っ込んだ。

RV車が、急ブレーキをかけて、急停車する。

運転席から、若い組員が、顔をつき出して、怒鳴る。高木が、応対する。

十津川と亀井は、その隙に、パトカーから飛びおり、RV車に向かって、突進した。

二人とも、万一に備えて、拳銃を手に持っている。

RV車のドアを、強引に開けた。

中に、久保が、ライフルを抱えて、座っていた。

亀井が、拳銃を構える。

「久保恵一だな？」

十津川は、拳銃を下げたまま、久保を睨《にら》んだ。

久保は、反射的に、ライフルを構えたが、すぐ下ろしてしまった。まだ、弾倉をはめていなかったのだ。

「オモチャだよ」

と、久保は笑った。

十津川は、それを、久保から取りあげた。

「本物のM16A2だ」

「おれにとっては、オモチャだ。不法所持で、一年か二年か」

久保は、また、ニヤッとした。

「いや、違う」

「どう、違うんだ？」

「田中刑事を、射ったことを、忘れているぞ。殺人未遂だ」

「あれは、いたずらで自転車を射ったんだ。タイヤを射ったんだ」

久保が、あわてて、いう。

「いや、君は、田中刑事を殺そうとして、射ったんだ」

十津川は、いい、ポケットから、テープレコーダーを取り出して、スイッチを入れた。

――今日、おたくの田中刑事を狙った。殺せなかったが、必ず、奴を殺してやる。

「もし、もし。田中刑事を何ですって？」

――必ず、殺してやると、いってるんだ。必ずだ。

「君の声だ」

「それは――」

久保の顔が、蒼《あお》くなる。今度は、十津川の笑う番だった。

「君は、自分で、田中刑事を、殺すと、わめいているんだ。それも、何回もだ。殺すつもりで射ったと、自分でいっているようなものじゃないか？」

「――」

「君は、ミスしたんだよ。本当の動機を隠そうとして、自分の罪を重くしたんだ」

列車プラス・ワンの殺人

1

十一月七日午前七時半。いつものように、用務員の鈴木文一は、学校に着くと、カギで正門を開けた。

鈴木は、この小学校に奉職《ほうしょく》して、十五年になる。

その間、一日も欠かさず、午前七時半に、校門を開け、用務員室で、お湯をわかし、職員室の掃除をすませて、先生たちが、登校してくるのを待つ。

校庭を、見て回るのも、先生や、生徒が来る前の鈴木の仕事の一つだった。

街の中の小学校なので、狭い校庭である。

それでも、プールと、砂場があるのだから、いい方かも知れない。

冬場の今は、プールには、ふたがされてしまっている。

砂場は、塀に沿って、長方形に作られている。

鈴木は、その砂場で、男が一人、俯《うつぶ》せに寝転んでいるのを見つけた。

最初は、寝ているとしか、見えなかった。

ジョギングスタイルで、スニーカーを履き、首に、白いタオルを巻いた格好だった。

校門には、錠がおりているが、通用門の方は、簡単な錠なので、強引にあけて、校庭に入ってくる人間がいる。

この男も、その一人なのかと、思った。

ジョギングの途中、鉄棒でもしたくなったか、それとも、この学校の卒業生で、なつかしくなったかで、入ったのかも知れない。

「もし、もし」

と、鈴木は、声をかけた。

だが、男は、起き上がる気配がない。この頃から、鈴木も、変だなと、思い始めた。

「どうしたの？」

と、声をかけられて、振り向くと、体育の得意な三島先生が、立っていた。

「どうも、この人の様子が、変なんですよ」

と、鈴木がいうと、若い三島は、砂場に入って行って、男の身体を抱き起こした。

鈴木の方を見たその顔が、蒼《あお》ざめている。

「すぐ、一一〇番してくれ。この男は、死んでるよ」

と、三島は、大きな声で、いった。

それからが、大さわぎだった。

パトカーがやって来て、検視が始まる頃には、生徒たちも、登校して来たからである。

白いタオルをとってみると、男の首筋には、指の形に、うっ血した痕《あと》があった。

首を絞められて、殺されたのである。

初動捜査班の刑事たちは、被害者が、ジョギングスタイルであることから、この近くに住む人間と、判断して、周辺の聞き込みを始めた。

結果は、すぐ出た。

学校から、二百メートルほどのところにある「シャトウ富士見」の五〇六号室に住む、仁村要《にむらかなめ》という二十九歳の男とわかった。

N自動車のセールスマンで、出社前に、自宅近くをジョギングするのを、日課にしていた。

　このことは、同じマンションの人たちが、よく知っていた。

「熱心に、毎日、やっていらっしゃいましたよ」

　と、マンションの管理人が、いった。

　そのジョギングの途中で、殺されたらしい。

「ジョギングも、考えものだな」

　と、刑事の一人が、いった。

2

　十津川が、この事件を、初動捜査班から引き継いだ。

　十津川と、亀井は、まず、死体の発見者である用務員の鈴木から、話を聞くことにした。

　砂場を見ながら、話を聞いていると、授業が始まった教室から、時々、生徒たちが、のぞいている。

「通用門から入ったと思ったんですが、錠は、こわれていませんでした」

　と、鈴木が、いった。

る。

「すると、塀を乗り越えて、入ったのかな？」

十津川は、一メートル八十センチのコンクリートの塀を見た。

砂場は、塀に沿って作られているから、乗り越えたということも、十分に考えられる。

「誰かに追われて、被害者の仁村要は、塀を乗り越えて、逃げ込んだのかも知れませんね」

と、亀井が、いった。

「そして、犯人も、その後を追って、校庭に飛び込んで来たというわけかい？」

「そうです」

「だがね、カメさん。犯人は、首を絞めて殺したあと、丁寧に、その痕を隠すように、タオルを、首に巻きつけているんだ。犯人は、なぜそんなことをする必要があるんだろう？　それも、いつ、教師や、生徒がやって来るかわからない校庭で、殺しているのにだよ」

と、十津川が、いった。

「そういえば、おかしいですね」

「いくら、タオルを巻いておいても、調べれば、すぐ、絞殺とわかるんだからね」

「しかし、警部。あの仏《ほとけ》さんが、この砂場で殺されていることも、事実なんです」

「謎が多い死体だな」

と、十津川は、苦笑した。

その死体は、すでに、司法解剖のために、大学病院に、運ばれている。

十津川と、亀井は、仁村要の住んでいたマンションに出かけて行った。

物盗《ものと》りの犯行とは、思えない。ジョギング中の人間が、大金を持っているはずがないし、仁村は、腕時計と、金のブレスレットを、盗られていなかったからである。

怨恨《えんこん》の殺人なら、被害者の部屋に、そのヒントがある可能性があった。

独身の上、セールスマンとしても優秀なのか、2LDKの部屋は、豊かに、飾られていた。

駐車場には、N社のスポーツカーも、置かれている。自社の車だから、多少は、安く手に入ったとしても、二百万円以上はしたに違いなかった。

部屋には、ピカソの版画などが、掛けてある。

セールスマンとしての成績を表彰するカップが、棚に、飾ってあった。

机の引出しには、五百万円の普通預金と、三千万円の定期預金の通帳が入っていた。

「優雅なものだねえ」

と、十津川は、いった。

「女にも、もてていたようですよ」

亀井は、手にしたアルバムのページをめくりながら、十津川に、いった。

アルバムには、何人もの女とのつき合いを示す写真が、貼ってあった。

ぱっと見ただけでも、五、六人の女性が、写っている。それも、ごく親しいつき合いとわかる写真である。中には、ヌードで、笑っている女の写真も、あった。

何人もの女性からの手紙も、見つかった。

どきっとするような内容の手紙もある。

「これが、殺人の動機かな？」

十津川は、アルバムにあった何人もの女性の写真を、机の上に、並べてみた。

絞殺した犯人は、恐らく、男だろう。被害者は、痩《や》せた、長身の男だが、それでも、女では、首を絞めて殺すのは、難しいはずである。

とすれば、嫉妬《しっと》にかられた男の犯行ということが、考えられる。

十津川と、亀井は、N自動車の、仁村の働いていた営業所へ行ってみた。

かなり大きな営業所である。

一階のショーウインドウには、N自動車の誇る最新型の車が、ずらりと並べてある。

二階は、事務室になっていた。

十津川たちは、二階で、所長の久保に会った。

四十二、三歳で、血色のいい男だった。

「仁村君が、死んだなんて、信じられませんよ」

と、久保所長は、首を、何度も振って見せた。

「どんな人でした？」

と、十津川が、きいた。

「やる気のある男で、うちでは、いつも、ナンバーワンのセールスマンでしたよ」

「それは、わかっているんです。私が知りたいのは、仁村さんの性格なんですがね」

と、十津川は、いった。

「悪くは、ありませんよ。いい男ですよ。僕は、好きでしたよ」

「女性には、よく、もてていたようですね」

「そりゃあ、金離れもいいし、なかなかの好男子ですからね」

「そのことで、他の男と、もめたというようなことは、ありませんか？」

「そんなことは、ありませんよ」

と、久保は、いう。

どうも、本音が聞けない感じだった。

十津川は、諦《あきら》めて、他の社員に、当たってみることにした。

同じセールスマンのひとりを、わざと、営業所の外へ連れ出して、仁村のことを、聞いてみた。

「所長さんは、とにかく、立派な男だったといっていますがねえ」

十津川がいうと、その、三宅《みやけ》というセールスマンは、ニヤッと笑って、

「所長は、そういったんですか？」

「違うんですか？」

と、亀井が、きいた。

3

三宅は、また、笑った。

「あの所長と、仁村は、犬猿の仲だったんですよ」

「本当ですか？」

十津川が、きくと、

「誰でも、知っていますよ」

「なぜですか？」

「所長も、癖のある男ですが、何といっても、原因は、仁村の方にあると思いますね」

「そこを、くわしく、説明してくれませんか」

と、十津川は、頼んだ。

三宅は「そうですねえ」と、思わせぶりに、いってから、

「仁村のことを、悪くいいたくはないんですが、ありのままを、いいますからね。確かに、セールスマンとしては、優秀でした。誰よりも沢山《たくさん》の車を売りましたからね。ただ、あまりにも、自分に、恃《たの》むところが、大きすぎましたよ。売れない奴を、バカにしていましてね。それを、露骨に、言うわけです。所長のことだって、バカにしてましたよ。彼ぐらいの実績があると、所長なんかより収入は上だし、威張っていましたよ。会社だって、所長の代わりはあっても、あれだけ売るセールスマンの代わりは、いませんからね」

「女性にも、手が早かったようですが」

「ええ。そのために、女をはさんで、男同士のケンカもよくしてましたね」

「なるほど」

「それに、仁村には、妙な性癖がありましてね。他人《ひと》のものを、やたらに欲しがるんですよ。よく、子供にいるでしょう。自分が要《い》らなくなったオモチャなのに、他の子供が、それで遊び出すと、また、欲しくなるというのが」

「それと、同じだったんですか？」

「そうなんですよ。あまり関心のなかった女でも、誰かと、いい仲になると、急に、手を出して、自分のものにしようとするんです」

「それでは、トラブルが、絶えなかったんじゃないですか？」

と、亀井が、きいた。

「そうですよ。しかし、たいてい、仁村が、勝っていましたね」

「なぜですか？」

「相手が営業所の人間なら、上の方は、仁村が悪くても、彼の肩を持ちますからね。あれだけ成績のいい男に、辞《や》められたら、困るからですよ」

「他の人間が、相手だった場合は？」

「その時でも、彼は、たいてい勝ってましたよ。何しろ、金があるし、口がうまかったですからね」

「すると、仁村さんは、周囲から、憎まれていたんじゃありませんか？」

十津川が、きくと、三宅は、

「男たちは、たいてい、彼を、殴り飛ばしてやりたいと、思っていたんじゃないかと思いますよ」

と、いって、笑った。

「あなたもですか？」

亀井が、きいた。

「ええ。正直にいえばね」

と、三宅は、いった。

「特に、仁村さんを憎んでいた人は、いませんか？　殺したいほど、憎んでいたという人は」

と、十津川が、きいた。

三宅は「そうですねえ」と、考えていたが、

「僕が、いったことは、内緒にしてくれますか？」

「もちろん、約束しますよ」

「服部《はっとり》というセールスマンが、前に、いたんですよ」

と、三宅は、いった。

「なるほど」

「服部和雄といったと思いますね。真面目な奴でね。まあ、セールスの成績も、真ん中ぐらいで、同僚に好かれていましたよ」

「その服部という人は、仁村さんとケンカしたわけですか？」

「最初のうちは、二人は、仲が良かったんです。仁村の方が、一応、大学の後輩というので、服部を、立てていましたからね。しかし、そのうちに、仁村の地が出て、バカにしはじめたんです。二人の仲が、めちゃくちゃになったのは、今年の五月だったかな。服部の彼女が、自殺しましてね。あとでわかったんですが、例によって、他人のものが欲しくなる仁村が、手を出したのが、原因だったんです」

「それで、その服部という人は、どうしたんですか？」

「仁村を、問い詰めて、殴りましたよ。仁村は口は、達者ですが、腕力は、服部の方が、ありますからね。仁村は、顔の形が、変わるほど、殴られたんです。誰が考えても、殴られた仁村の方が、悪いんですよ。ところが、所長も、本社の人事担当者も、先に手を出したということで、服部を、馘《くび》にしたんです。要するに、会社にとっては、仁村の方が、必要な人間だったというわけですよ。セールスの成績が逆だったら、仁村が、馘になっていたでしょうね」

と、三宅は、いった。

「服部という人が、今、どこで、何をしているか、わかりませんか？」

「今は、大阪にいるんじゃないかな。そんな噂《うわさ》を聞いたことがありますよ」

と、三宅は、いった。

4

十津川は、他のセールスマンにも、当たってみた。

その結果、三宅の話は、ほぼ、事実と、わかった。

殺された仁村は、セールスの腕は、立派だったが、同僚からは、嫌われていたことは、間違いないようだった。

服部和雄についても、いくつかの情報が、手に入った。

年齢は三十歳。三宅のいうように、殺された仁村の大学の先輩である。

今年の五月十六日に、ガス自殺した服部の恋人の名前は、平田まゆみという二十五歳の女性だった。

服部は、彼女と結婚する気だったらしい。というのは、大学の恩師に、ひそかに、仲人を、頼んでいたからである。

それを、仁村が、めちゃめちゃにしたわけだが、自殺した平田まゆみの女友だちの中には、彼女も悪いという人が、何人かいた。

平田まゆみも、内心、真面目一方の服部に、あき足らないものを感じていて、仁村に、走り、揚句の果てに、捨てられて、自殺したのではないかと、いうのである。

彼女が、何を考え、どう追いつめられて自殺したかは、今となっては、よくわからない。

ただ、今度の殺人事件に関して、有力な容疑者が出てきたことだけは、間違いなかった。

服部和雄。身長百七十六センチで、大学時代は、柔道をやっている。

どちらかといえば、痩せぎすの仁村の首を絞めて殺すのは、簡単だったのではないか。

十津川は、服部の所在を、調べてみた。

三宅は、大阪にいるらしいといったが、大阪ではなく、服部が、現在、住んでいるのは、兵庫県の明石《あかし》だった。

十津川は、亀井と、翌八日、明石に、行ってみることにした。

新幹線と、山陽本線を乗りついで、明石に着いたのは、午後の一時近くだった。

海に近い場所にあるマンションに、服部は、住んでいた。

1LDKの部屋だが、ベランダから、海が見える。

服部は、柔道をやっていただけに、がっちりした身体つきをしていた。

無愛想なのは、十津川たちが、刑事だからというより、性格的なものかも知れない。

「昨日の朝早く、仁村要さんが、殺されました。昔のあなたの同僚です」

と、十津川が、話しかけても、服部は、黙っていた。

「仁村さんと、大ゲンカをして、N自動車をやめられたそうですね？」

十津川が、きいて、初めて、服部の表情が動いた。

「昔のことで、忘れましたね」

と、服部は、そっけなく、いった。

「あなたの恋人が、仁村さんのせいで、自殺したのが、ケンカの原因だったと、聞きましたが」

「それも、忘れましたよ」

「そうですかね。昨日の朝は、どこで、何をしていました？　午前七時頃です」

亀井が、じっと、服部を睨《にら》むように見て、きいた。

このマンションで、寝ていたとでも、答えるのではないかと、十津川は、思ったのだが、服部は、ちょっと考えてから、

「ホテルで寝ていましたよ」

と、いった。

十津川は、眉《まゆ》を寄せて、

「ホテルって、どこのホテルです？」

「大阪のSホテルです」

「なぜ、大阪のホテルに、いたんですか？」

「僕は、高校は、大阪なんですよ。それで、十一月六日の夕方から、十人ばかりが集まって、同窓会をやったんです。まあ、明石に、帰ってもよかったんですが、面倒なので、大阪のSホテルに一泊しました」

「Sホテルですね？」

「ええ」

「電話を借してもらえますか」

と、亀井が、断って、部屋にある電話で、Sホテルに、かけてみた。

間違いなく、十一月六日の午後四時に、チェックインし、翌七日の午前十一時に、チェックアウトしているというフロント係の返事だった。

「泊まっていますね」

と、亀井が、十津川に、いうと、服部は、怒ったような声で、

「当たり前でしょう。そんなことで、嘘《うそ》はつきませんよ」

と、二人に、いった。

「その同窓会に出席した人に、会いたいんですが、何人か、名前と、住所を、教えてくれませんか」

と、十津川が、いった。

「そんな同窓会は、なかったと、思ってるんですか？」

「いや、そんなことは、思っていませんよ。ただ、確認するのが、われわれの仕事なんです」

「それなら、手紙があるから、それを見て下さい」

と、服部は、いった。

5

〈昭和――年T高卒業の同窓会のお知らせ〉

と書かれたものだった。

ワープロで、印刷されているのは、いかにも、現代風である。

〈日時・十一月六日午後六時

場所　料亭「あさひ」〉

連絡先としては、田中有一郎の名前と、電話番号が、書いてあった。

「この田中という人に聞けば、わかるわけですか？」

と、十津川は、服部に、きいた。

「ええ。昔から、世話好きな奴ですよ。確か、菓子店の主人です」

と、服部は、いった。

十津川と、亀井は、電話で、この田中有一郎に、連絡をとっておいてから、大阪へ行くことにした。

服部のいったとおり、田中は、大阪の真ん中で、菓子店をやっていた。

店内には、喫茶室も設けてある。十津川たちは、そこで、田中から、話を聞いた。

「十一月六日に、同窓会をやったのは、間違いありませんよ」

と、田中は、如才《じょさい》なく、十津川たちに、コーヒーと、ケーキをすすめてから、いった。

「午後六時から、何時までですか？」

「あの料亭は、六時から九時までという約束で、座敷を、借りたんです。九時きっかりまで、やっていましたよ」

「そのあとは、どうしました？」

「二次会、三次会で、僕が、家に帰ったのは、午前二時頃でしたかね」

と、田中は、笑った。

「服部さんも、つき合ったんですか？」

「服部？　いや、彼は、九時に、料亭を出たあと、気分が悪くなったといって、ホテルへ戻りましたよ」

「それが、九時だというのは、間違いありませんか？」

「ええ。だって、九時になって『あさひ』という料亭を、追い出されたんですから」

「すると、そのあとの服部さんの行動は、わからないわけですね？」

「そうですねえ。翌朝、心配なんで、ホテルへ電話したら、いましたが」

「それ、何時頃ですか？」

「午前九時頃だったと思いますね。こっちの方が、二日酔いで、頭が、がんがんしてましたが」

と、田中は、笑った。

十津川は、念のために「あさひ」という料亭に、電話をかけてみた。

十一月六日に、服部たちが、同窓会を、開いたのは、間違いなかった。

「午後九時、きっかりに、お開きにして頂きました。他の都合も、ございますので」

と、「あさひ」のマネージャーが、はっきりした声で、いった。

6

十津川と亀井は、その日、服部が泊まったSホテルに、一泊することにした。

新幹線の新大阪駅に近いホテルである。

ここは、外出の際、泊まり客は、いちいち、部屋のキーを、フロントに戻さず、持ったまま出るシステムになっていた。

「問題は、六日の午後九時から、翌日の午前九時までだね」

と、十津川は、亀井に、いった。

「その間に、東京へ行き、七日の早朝、仁村を殺して、何くわぬ顔で、このホテルに戻っていることは、十分に、可能ですよ」

亀井が、いった。

亀井が、フロントから、時刻表を、借りてきた。

仁村の司法解剖がすんでいないので、正確な死亡時刻はわからないが、午前七時半に、用務員が、登校した時は、すでに、砂場で、死亡していたのは、間違いない。

午前七時前後が、死亡時刻と見ていいだろう。

もし、服部が犯人なら、午後九時に、同窓の仲間と別れたあと、翌朝の七時頃までに、東京に行って、仁村を、殺したのである。

果して、可能だろうか？

「まず、考えられるのは、飛行機と、新幹線ですね」

と、亀井が、いった。

「そのどちらでも、もし、使ったとすれば、六日中に、東京に着けるだろう?」

「着けますね。新幹線でも、大阪から東京まで、三時間ですから」

と、亀井は、いった。

最初に、飛行機の便を、調べた。

大阪—東京間には、朝から夜まで、沢山の便がある。

「しかし、九時過ぎの便はありませんね。最終が、二〇時四〇分大阪発です」

と、亀井が、残念そうに、いった。

「じゃあ、利用したのは、新幹線か」

「と、思いますね」

亀井は、新幹線のページに、眼を通していたが、

「あれ?」

「どうしたんだ? カメさん」

「皮肉にも、東京行の最終は、新大阪発二一時ジャストです」

「九時ちょうどじゃ、乗れないな」

「切符は、前もって、買っておいたとしても、改札を通って、ホームへ行くまでに、四、五分は、かかりますからね。無理ですね」

「あとは、深夜便か」

「それを、調べてみます」

と亀井は、いった。

国鉄は「ドリーム号」というハイウェイバス（夜行便）を、走らせている。

大阪発　東京着（ドリーム2号）22時40分→8時15分
京都発　東京着（ドリーム4号）22時00分→6時43分
名古屋発　東京着（ドリーム6号）23時20分→6時00分
この三本である。

大阪発二二時四〇分には、ゆっくり乗れるが、東京着が、八時を過ぎていて、犯行には、使えないだろう。

あとの二便は、東京着が、午前六時台だから、使える。

問題は「ドリーム6号」については、二三時二〇分までに、名古屋へ行けるかである。

新幹線は、二一時二〇分新大阪発の「ひかり72号」が二二時二七分名古屋止まり、二一時五三分発「こだま494号」が二三時〇五分名古屋止まりである。

また在来線の時刻表を見ると、二一時〇〇分大阪発の急行「銀河82号」という列車がある。

二一時ちょうどでは、乗れないし、この列車は、季節列車で、十一月は、一日、二日、二十一日、二十二日しか運転されていない。

次の二一時三〇分大阪発の急行「ちくま」は、名古屋に午前〇時二八分にしか着かない。

ほかに残るのは、京都を二二時に出る「ドリーム4号」である。

大阪―京都間は、国鉄以外に、私鉄も、快速が走っていて、三十分もあれば着くから、午後九時（二一時）に、大阪にいた服部が、二二時発の「ドリーム4号」に、乗ることは、可能だったろう。

「あとは、東京に朝着く寝台特急《ブルートレイン》に、乗る方法ですね」

と、亀井が、いった。

「適当な列車があるかね？」

「二本ありますが」

と、亀井は、次の二本のブルートレインを書き出した。

あさかぜ2号　0：37→7：25

瀬　戸　0：05→7：11

大阪発　東京着

「まあ『あさかぜ2号』の方は、東京駅に着いてから、現場の小学校まで、五分で行けるとは思えませんが」

と、亀井は、いった。

「数字的には、可能だから、一応、留保しておこうじゃないか」

と、十津川は、いった。

あとは、この二本の列車と、国鉄の高速バスのどれかに、服部が、乗ったかどうか、調べることだった。

7

「ドリーム4号」から、調べてみることにした。

京都発の「ドリーム4号」に、乗ったとすれば、運転手が、服部の顔を、覚えている可能性があった。

「ドリーム号」は、トイレ付き、リクライニングの座席で、定員は、四十人である。

全席、指定で、禁煙席もある。

京都―東京間は、大人六千三百円、それに、指定席料金千五百円がいる。

十津川と、亀井は、翌日、ホテルを出ると、京都に行き、国鉄のバス営業所に、寄ってみた。

十一月六日夜の「ドリーム4号」の乗客のことを、聞くためである。

しかし、乗客の中に、服部がいたかどうか、聞く前に、営業所の職員が、

「あの日は、定刻に着けずに、ずいぶん、お客様から、文句をいわれて、閉口しました」

と、いった。

「渋滞でですか？」

十津川が、きくと、相手は、

「東名の御殿場《ごてんば》付近のトンネルで、事故があったんですよ。七日の午前一時三十分頃ですかね。トンネル内で、大型トラックが、事故を起こしましてね。夜明け近くまで、交通が、ストップしてしまったんです」

「それ、間違いありませんか？」

と、十津川は、念を押した。

「間違いありませんよ。あの日は、東京に着いたのが、昼近くなって、お客様から、文句をいわれっ放しでしたから、よく、覚えているんです」

「もう一度、聞きますが、そのバスは、六日夜に京都を出て、七日の朝に、東京に着くバスですね？」

「そうですよ」

と、職員は、はっきり、肯いた。

「国鉄の『ドリーム4号』と名古屋発『6号』の線は、なくなったね」

と、十津川が、いうと、亀井は、

「同時に、車を使っての犯行は、すべて、消えたんじゃないですか。大阪から、タク

シーに乗って、東京まで飛ばしたという可能性も、これで、なくなったと思います
ね」
と、いった。
「残るのは、寝台特急を利用するルートだけか」
十津川は、問題の日「瀬戸」と「あさかぜ2号」が、定刻通り、東京に着いている
かどうか、国鉄に、問い合わせてみることにした。
もし、七日の朝に着くブルートレインが、事故などで、遅れていたら、国鉄の「ド
リーム号」と同じで、最初から、無視していいわけである。
京都から、新幹線に乗り、東京駅に着いてから、聞いてみると、二つのブルートレ
インとも、七日朝には、定刻に、着いているという。
「六日から七日にかけては、すべての列車が、定刻どおりに運行されました。一本の
遅れもありません」
と、助役のひとりが、誇らしげに、いった。
「これで、決まりましたね」
東京駅を出ながら、亀井が、ほっとした顔で、十津川に、いった。
「ブルートレインを、利用したか」

「そうです。服部は、六日の午後九時まで、大阪にいたことは、友人や料亭の人たちの証言で、明らかです。彼等全員が、口裏を合わせて、嘘をついているとは、思えません。従って、服部は、飛行機や、新幹線は、使えませんでした。車も、東名のトンネルで事故があったので、無理です。となると、残るのは、寝台特急だけです」

「ブルートレインで、早朝に、東京に着いて、仁村を殺したということだね？」

「そうです。殺しておいて、飛行機か、新幹線で、大阪に引き返したんだと思いますね。特に、飛行機を使えば、一時間で、大阪に着きますから、友人が朝の九時に電話したとき、服部が、ホテルにいても、不思議は、ありませんよ」

と、亀井は、いった。

確かに、そのとおりだと、十津川も、思った。

服部は、深夜に大阪を出るブルートレインで、東京に行き、仁村を殺し、飛行機で、大阪に、舞い戻ったに、違いない。

十津川は、捜査本部に戻ると、東京―大阪間の飛行便を、調べてみた。

早朝の便は、次のようになっている。

東京発七・〇〇↓大阪着八・〇〇ＪＡＬ

東京発七・四五→大阪着八・四五ＡＮＡ
この二便の、どちらかを、服部は、利用したに違いない。

このあとは、東京発八・三〇→大阪着九・三〇で、間に合わないからである。

だが、この時刻表を見ていて、十津川は、少し、不安になってきた。

数字的には、可能だが、少しばかり、きついからである。余裕がないのだ。

大阪から、東京へ来るのに、ブルートレインを利用したのは、他に方法がないのだから、まず、間違いのないところだろう。

一番早く着く「瀬戸」にしても、東京着は午前七時十一分である。

とすると、七時発のＪＡＬには、絶対に、乗ることは出来ない。

乗れるのは、七時四十五分発のＡＮＡである。

伊丹《いたみ》空港に八時四十五分に着いて、九時までに、ホテルに、入れるだろうか？

服部の泊まっていたホテルの場所は、新大阪駅の近くである。

空港からの時間は、車で、三十分はかかるということだった。

「十五分では、無理ですか？」

と、ホテルのフロント係に電話できくと、

「とうてい無理ですよ」

と、相手は、笑った。

地図で見ても、かなりの距離がある。確かに、車で三十分は、かかるだろう。

「カメさん。困ったことになったよ」

十津川は、亀井に、いった。

「十五分では、無理ですか？」

「ヘリコプターでも使わなければ、無理じゃないかね」

「すると、服部は、九時までに、大阪のホテルに帰れないことになってしまいますね」

「そうなんだよ」

「しかし、ブルートレインに乗れば、東京での殺人は、可能です」

「それは、そうだ」

「翌日の九時というのは、彼の友人が、時間を間違えたという可能性もある。九時ではなくて、九時半に掛けたとか、十時とかです。腕時計が、おくれていたということだって、あり得ますよ」

と、亀井は、いった。

「そうだな。もう一度、服部の友人に当たってみよう」

「必ず、間違いが、訂正できると思いますよ。とにかく、ブルートレインを使う以外、服部は、東京に、来られなかったはずですから」

亀井は、断乎とした口調でいった。

しかし、その日の夜になって、仁村要の解剖結果が報告されて、十津川たちは、色を失ってしまった。

死因は、絞殺である。

これは、予想どおりだから、当然として、受け止めた。

問題は、報告書にあった仁村の死亡推定時刻だった。

七日の午前六時から七時までの間だというのである。

十津川は、すぐ、死体を解剖した大学病院に、電話をかけた。

「午前七時十一分までに、拡大できませんか？」

十津川が、きくと、解剖に当たった医師は、

「二、三分というのなら、許容範囲に入るかも知れませんが、十一分では、無理ですね」

と、そっけなく、いった。

8

十津川たちは、完全に、壁にぶつかってしまった。

これで、ブルートレインの線も、消えてしまったのである。

服部が、犯人であるためには、七日の午前六時から七時までの間に、東京に着いていなければならないのだ。

しかし、飛行機は、もう飛んでいなかったし、車は、すべて、使用できない。

その上、ブルートレインも、時間的に無理だとすると、どうなるのだろうか？

「犯人は、服部以外の人間だろうか？」

十津川は、そう考えざるを、得なくなった。

「もう一度、仁村の交友関係を洗ってみますか？」

と、亀井が、いった。

改めて、仁村の身辺を、調べることになった。

都合のいいことに、仁村は、所長を始め、同僚たちにも憎まれていたから、容疑者は、何人でもいた。

その一人一人について、亀井たちは、七日朝六時から七時までのアリバイを、調べていった。この時間帯のアリバイは、微妙である。多くの人たちが、まだ、自宅で、眠っていたと証言した。

それが、当然かも知れない。十津川や、亀井でも、事件が起きていなければ、布団の中にいる時間である。

容疑者は、七人。そのいずれも、六時から七時の間に、明確なアリバイは、ない。

七人のうち五人は、妻子持ちで、それぞれ、妻や、子供が、その時刻に、家にいたと証言したが、妻子に、偽証させたということもあり得る。

「弱りました。警部」

と、亀井は、容疑者リストを前において、十津川に、いった。

「全員が、アリバイなしか？」

「あるといえば、全員に、アリバイがあります。家にいて、その時間は、まだ寝ていたという者もいますし、朝食をとっていたという者もいます。当然の時間ですが、アリバイがないといえば、七人とも、それを証明できないわけです。第三者が、そんな時間に、家に入っていることは、まあ、ありませんからね」

「そのことなんだがねえ」

と、十津川は、亀井を見て、

「君が、犯人だとしたら、アリバイが、こんなにあやふやな時間を選んで、相手を、殺すかね？」

「そうですねえ。二通りの考え方がありますね。普通なら、強固なアリバイを作っておいてから、殺します。しかし、どうしても、アリバイ作りが、うまくいかない場合は、どうにでもなる時間に、殺しますね。今度の場合のように、普通なら、まだ、眠っている時間にです。その時間に、寝ていたことを証明は出来ませんが、警察の方も、寝ていなかったことを、証明するのは、難しいですからね」

と、亀井は、いう。

「君のいうとおりだが、警察に、疑われることは、疑われるね。アリバイが、あいまいだということで」

「そうです。現に、われわれは、この七人を疑っています」

「もう一つ、私には、気になることがある」

「どんなことですか？」

「容疑者は、今、七人だが、本来なら、服部を入れて、八人だ。この八人の中で、もっとも強い動機を持っていると思われるのが、服部だよ」

「なるほど、一番、強い動機を持っている人間が、もっとも強力なアリバイを持っていることが、引っかかるわけですね？」

「そうなんだ。改めて、服部の強固なアリバイが、気にかかるんだよ。いや、正直にいえば、癪《しゃく》にさわるといった方がいいかな」

と、十津川は、いって、笑った。

「しかし、あのアリバイは、崩しようがありませんが」

「それで、一層、頭にくるんだよ」

と、十津川は、いった。

壁にぶつかったまま、時間が、経過していった。

十津川は、七人の容疑者の捜査を、亀井たちに委せて、彼は、大阪に、電話したりしていた。

どうしても、服部を、諦められなかったからである。

確かに、服部のアリバイは、強固である。だが、そのアリバイが、強固であればあるほど、十津川は、引っかかるものを、感じるのだ。

「ちょっと、カメさん。来てくれ」

と、急に、十津川が、呼んだ。

「何か見つかりましたか？」

亀井が、きいた。

「そっちの七人の容疑者は、どうだね？　その中から、しぼり出せそうかね？」

「それが、行き詰りです。全員がシロにも見えるし、全員が、クロの気もします。もちろん、全員、犯行を、否定していますが」

「それなら、こっちの話を、カメさんに聞いてもらう価値があるかも知れないね」

と、十津川は、いった。

「どんなことですか？」

「大阪のことなんだがね。妙なことに気がついたんだ。六日に、服部は、大阪のSホテルに、チェックインしている。問題は、このホテルの位置だ」

「確か、新大阪の近くでしたね」

「そうなんだ。大阪市内だよ。中心街の近くだ。ところで、午後六時から九時まで、同窓会が開かれた『あさひ』という料亭だがね、この位置が、面白いんだよ」

「しかし、大阪市内でしょう。確か、06という局番だったはずです」

と、亀井が、いう。

「そのとおりさ。局番は、06だ。だが、もう一度、電話して聞いたら、摂津《せっつ》市なんだ。摂津市安威川《あいがわ》という所だ」

十津川は、大阪の地図を取り出して、その地点に、×印をつけた。

「どうだい？　Sホテルからかなり離れているだろう？」

「そうですね。離れていますね」

「それで、当日出席した何人かに、電話で聞いてみた。この『あさひ』という料亭に、決めたのは、誰かとね。その返事が、面白いんだよ」

「服部ですか？」

「そうだよ。服部が、安くて美味《うま》い料理を出す店を知っているといって、この店を、推薦したと、いうんだ」

「なるほど」

「おかしくはないかね。この料亭の近くにだって、ホテルは、いくつかあるんだ。それなのに、服部は、離れたSホテルに、泊まった。何かあるんじゃないかね？」

9

亀井は、じっと、大阪の地図を見つめていた。

「しかし、警部。服部は、この料亭は、本当に、安くて美味いから、推薦したというでしょうし、Sホテルにしたのは、このホテルが、気に入っているからだと、いうんじゃありませんかね。それを、違うとはいえないんじゃありませんか？」

「さっき、服部に電話して、聞いたら、今のカメさんと同じことを、いったよ」

と、十津川は、苦笑した。

「そうでしょうね」

「だが、私は、納得できないんだ。もう一つ、六時から九時と、決めたのも、服部なんだ」

「本当ですか？」

「一応、同窓会として『あさひ』に、九時まで、部屋を借りたいと、いったんだが、それを、いいに来たのは、服部ということなんだ」

「そうなると、引っかかりますね？」

と、亀井が、いう。

「そうだろう。カメさん」

「しかし、この場所は、Sホテルより、新幹線にも、在来線の大阪駅にも、遠いですね」

「そうだよ」

「とすると、服部は、東京に、ますます行きにくくなるじゃありませんか？」

「そのとおりさ。もし、新幹線や、在来線を利用する気なら、Sホテルの近くで、食事をすればいいんだ」

「すると、服部が、犯人としてですが、最初から、新幹線や、在来線は、頭になかったことになりますね」

「それに、飛行機と、車もだ」

と、十津川は、いった。

「そうなると、また、壁にぶつかってしまいますよ」

「もう一度、大阪へ行ってみないかね？」

「もう一度ですか？」

「そうだよ。この料亭へ行って、なぜ、服部が、この店を選んだか、調べてみたいんだよ」

と、十津川は、いった。

その日のうちに、十津川と、亀井は、新幹線で、大阪へ向かった。

新大阪に着くと、タクシーで、料亭「あさひ」を、目ざした。

大阪の地図を見ながら、十津川は、タクシーの窓の外を見ていた。

摂津市内にある料亭「あさひ」に、着いた。

十津川と、亀井は、中に入り、おかみさんに、

「この近くに、何かありませんかね？」

と、いきなり、きいた。

おかみさんは、びっくりした顔で、

「何かって、何ですか？」

「鉄道とか、車とか、飛行機とか、とにかく、輸送することに関係したものであれば、いいんですがね」

「輸送ですか」

と、おかみさんは、おうむ返しにいって、しばらく、考えていたが、

「貨物ターミナルが、ありますよ」

と、いった。

「貨物ですか」

十津川は、それを、どう考えていいかわからないので、亀井と、顔を見合わせてしまった。

貨物ターミナルからでは、人間は、東京へは、行けないだろう。それでも、十津川と亀井は、そこへ、行ってみることにした。

国鉄は、貨物輸送から、撤退したと聞いていたのだが、この広い操車場には、コンテナが、山積みされ、大型トラックが並び、活気があった。

十津川たちは、このターミナルの責任者に会うことにした。

小坂という、五十代の男である。

小坂は、元気のいい顔で、

「ここでは、新しい試みが、軌道に乗りつつあるところなので、全員が、張り切っています」

と、いった。

「新しいことというのは、どういうことですか？」

「ここでは、従来どおり、コンテナ輸送もやっていますが、それだと、どうしても、トラックとの競争になってしまいます。そこで、トラックとの共存を、考えようということになりましてね。ピギーバックを、始めたんですよ」

「ピギーバックというのは、何ですか？」

「説明するより、実物を見て下さった方が、わかり易いと思いますよ」

小坂は、事務所から出て、二人を、操車場に、案内した。

低く長い台車が、何両か、連結されて、操車場の端に、止めてある。

今、それに、四トントラックが、積み込まれようとしていた。

運転手が、ハンドルを握り、慎重に、台車の上に、車を、転がして行く。

台車には、左右の端に、タイヤガイドがあり、トラックが停止するところに、タイヤが、はまるような、溝が作ってあった。

一つの台車に、四トントラックが、二台ずつ、積み込まれていく。

「あの床の低いトラック運搬用の台車が、ピギーバックです」

と、小坂が、説明した。

「荷物を、トラックごと、貨車に積んでしまうわけですか」

「そうです。今までは、トラックで、このターミナルに、コンテナを運んで来て、コンテナだけを、東京なり、名古屋なりの貨物ターミナルに運ぶ。そして、向こうでも、コンテナを、また、トラックに移して、配送していたわけです。これでは、二度手間で、トラック輸送には、かないません。そこで、ここから、トラックごと、運んでしまうことを、考えたわけです」

小坂は、熱っぽく話した。

なんでも、アメリカや、ヨーロッパでは、すでに、何年も前から、この方法が、おこなわれているのだという。

「この方法の利点は、二つあります。今までの長距離トラック輸送だと、小型では、不経済なので、どうしても、十一トントラックのような大型トラックを使用することになってしまいます。ところが、各家庭まで、この大型トラックで、運ぶわけにはいきません。そこで、トラックターミナルまで、大型トラックで運び、そこで、小型トラックに、積みかえる。これも、二度手間です。それも、なくすことが出来るわけです。小型トラックに、荷物を積んだまま、鉄道で、遠い大都市まで、運べるわけですからね。もう一つの利点は、トラックが、ピギーバックで、運ばれている間、運転手が、休息をとれることです」

小坂は、得意気に話してくれた。

十津川の知りたいことは、他にあった。

このピギーバックの時刻表である。これが、昼間だけ、動いているのなら、今度の事件の参考には、ならないのだ。

「ピギーバックの時刻表は、ありませんか？」

と、十津川は、きいた。

「ありますが、今のところ、一日六本しか、動いていません」

と、小坂がいって、教えてくれたのは、次のような時刻表だった。

（見つけたぞ！）

と、十津川は、内心、小躍りした。

重要なのは、二番目である。

大阪のこの貨物ターミナルから、東京行のピギーバックが、五両連結で、発車するのが、二一時一一分（午後九時十一分）である。

この貨物ターミナルと、料亭「あさひ」は、近い。

同じ、摂津市安威川である。

午後九時に「あさひ」での宴会を終わった服部が、このターミナルに、駆けつけるのに、せいぜい、七、八分しか、かからないだろう。

「カメさん。服部は、この貨物ターミナルに来たんだよ」

と、十津川は、眼を光らせながら、亀井にいった。

「そうですね。東京着も、翌朝の六時十一分だから、ゆっくりと、死亡推定時刻内に、仁村を、殺せますよ」

と、亀井も、大きく、肯いた。

運転手は、別に、列車に乗って、東京へ行くか、向こうのターミナルに、別の運転手が、待っているらしいが、運転席にかくれていたり、積荷の中に、まぎれ込めば、わからないだろう。

亀井は、ピギーバックに、積み込まれて行くトラックを、見ながら、

「飛行機も、車も駄目。ブルートレインも、間に合わないとすると、残るのは、これしかありませんね」

と、いった。

問題は、東京だった。

10

「現場の小学校の位置が、問題だね」

と、十津川は、いった。

このピギーバックを利用したとすると、犯人の乗ったトラックは、東京貨物ターミナルに着いてしまうのだ。

「東京の貨物ターミナルは、どこにあるんですか?」

発駅	発車時刻	着駅	到着時刻
東京貨物ターミナル	21：58	大阪貨物ターミナル	6：14
		（5両　トラック10台）	
大阪貨物ターミナル	21：11	東京貨物ターミナル	6：11
		（5両　トラック10台）	
東京貨物ターミナル	22：17	東広島ターミナル	10：41
		（1両　トラック2台）	
東広島ターミナル	21：32	東京貨物ターミナル	9：47
		（1両　トラック2台）	
東京貨物ターミナル	23：35	名古屋貨物ターミナル	6：08
		（2両　トラック4台）	
名古屋貨物ターミナル	23：43	東京貨物ターミナル	5：26
		（2両　トラック4台）	

と、十津川は、小坂に、きいた。

「品川と、大井町の間ですよ。もちろん、品川区です」

「あの小学校は、確か、大井町の近くだったね？」

と、十津川は、振り向いて、亀井に、きいた。

「そうです。大井町の近くです」

「それなら、文句なしだね。服部は、午後九時に、友人たちと別れると、この貨物ターミナルに来たんだ。そして、ピギーバックに、積み込まれているトラックの一台に、もぐり込んだんだよ」

「そして、十一分後に、ピギーバックは、発車して、東京に向かったわけですね」

「うん。東京には、翌朝の六時十一分に着く。六日から七日にかけ、国鉄は、すべての車両が、正常に運行されたといってるから、このピギーバックも、その中に入るはずだよ。だから、間違いなく、七日の朝六時十一分に、東京の貨物ターミナルに着いていたんだ」

「服部は、そのとおりにしたんだと思いますね」

二人の話は、急に、熱を帯びてきた。

小坂に礼をいって、大阪の貨物ターミナルを出てからも、十津川と、亀井は、新しい推理について、確認し合った。

「服部は、きっと、仁村が朝、ジョギングするのを知っていたんだよ。もともと、服部は、東京で、仁村と一緒に、仕事をしていたし、仁村の朝のジョギングは、その頃からの日課だったようだからね」

「大阪で同窓会が、開かれることになった時、服部は、いいチャンスだと思ったに違いありません。うまくやれば、これを、アリバイに利用できるんじゃないかと、思ったんだと、思いますね」

「そのことだがね。服部は、なぜ、このピギーバックのことを、知ったのだろうか。それが、一つのポイントになると、思う。彼は、そんなものは知らなかったと、否定するに違いないからね」

と、十津川は、いった。

服部の逮捕は、すぐには、おこなわず、明石に移ってからの交友関係などを、調べることにした。

服部は、明石に移ってから、定職についていなかった。

アルバイト的に、いろいろな仕事をしている。

その中で、十津川が注目したのは、服部が、大型免許を持っていて、日給月給で、トラックの運転をしたことがあったことである。

大阪にいた十津川と亀井は、彼の働いていた運送会社に、当たってみることにした。

大きな全国的組織を持つW運送の明石営業所だった。

トラックには、すべて「W運送」の字が入っている。

「貨物ターミナルでも、このマークを見ましたよ」

と、亀井が、小声で、十津川に、いった。

十津川たちは、斎藤という、ここの所長に会った。

「服部という運転手は、うちで、三カ月ほど働いていましたね。先月一杯で、やめましたが」

と、斎藤は、いった。

「勤務状況は、どうでした？」

十津川が、きいた。

「休みも少なかったし、三カ月間一度も、事故を起こしていませんね。だから、服部君には、もっと、うちで働いてもらいたかったんですがね」

「ピギーバックのことですが、服部さんは、知っていましたか？」

「もちろん。知っていたはずですよ。前から、話題になっていたし、うちでも、現在、利用させて貰《もら》っていますから」

「昨日、摂津の貨物ターミナルに行って来て、ここのトラックが、積み込まれるのを、見て来ました」

「まだ、大阪―東京間を、一往復しか、走ってないので、利用台数も限られていますが、将来は、もっと、多くなると、思いますね」

と、斎藤は、いった。

「こちらの場合は、運転手は、どうするんですか？」

「うちでは、東京にも、営業所があるので、向こうの運転手が、東京貨物ターミナルに着いてからは、運転することになっています。逆に、東京から、ピギーバックで送られて来たトラックは、こちらの運転手が、引き継ぎます。どうしても、向こうで、運転手のやりくりがつかない時には、こちらの運転手を、寝台特急で、東京に行かせますよ」

「ピギーバックに積むのは、四トントラックですか？」

と、亀井が、きいた。

「そうです。四トントラックです」

「六日の夜も、ここの四トントラックを、ピギーバックに、のせましたか？」

「このところ、毎日一～二台ずつ、ピギーバックで、運んでいます。実績作りの意味もありましてね」

「六日の夜に、のせて、七日の朝、東京に着くわけですね？」

亀井は、大事なことなので、くどく、念を押した。

そのくどさが、おかしかったのか、斎藤は、笑って、

「そうです」

「服部さんは、ここにいる時、四トントラックを、運転していましたか？」

「していましたよ。うちでは、四トントラックが、主力ですから」

と、斎藤は、いった。

11

少しずつ、展望が、開けてくるようだった。

服部が、国鉄のピギーバックを、利用して、大阪から、東京へ行ったことは、明らかだった。

六日の夜も、W運送の四トントラック二台が、大阪の貨物ターミナルから、ピギー

バックに、積み込まれた。

荷物をのせたままである。

W運送のトラックは、ジュラルミン製の箱がついていて、その中に、荷物を入れるようになっている。

服部は、恐らく、その箱の中にかくれていたのだ。

かって知ったるW運送のトラックというわけである。

「あとは、服部が、東京へ着いてから、具体的に、どうしたかということだな」

と、十津川は、いった。

十津川と、亀井は、その日のうちに、東京へ戻った。

夜になっていたが、W運送の東京営業所を訪ねた。

二人が知りたかったのは、七日朝に、ピギーバックで着いたトラック二台を、東京営業所の何という運転手が、引き継いだかということだった。

運転手の名前は、河原信と、五十嵐卓二《いがらしたくじ》である。

どちらも、三十代で、河原の方は、独身ということだった。

「七日ですが、配送は、間違いなく、おこなわれたんですか？　この二台のトラックですが」

と、十津川は、きいてみた。

所長の安藤は、日誌を見てから、

「間違いなく、配送されていますよ」

「荷物を、どこに配送するかということは、七日の朝に、この二人の運転手に、知らせるわけですか？」

「いや、前日に、大阪営業所から、ファックスで、配送先を知らせてきますのでね。それを、二人に、渡しておきます」

「東京の貨物ターミナルには、朝の六時十一分に着くことになっていますが、そんな早く、引き取りに行くわけですか？」

「配送先の要望によりますね。七日の分では、そんな早朝の配送はなかったですから、二人は、九時頃に、引き取りに行ったと思いますよ」

と、安藤は、いった。

「車のキーは、どうなってるんですか？　まさか、電話やファックスでは、送れんでしょう？」

「助手席のボックスの中に入れてあります。本当は、不用心でしょうが、今のところ、それで事故は起きていませんから」

と、いう。

十津川は、二人の運転手の住所を聞いた。

東京営業所を出ると、亀井が、

「こちらで引き継いだ運転手のことが、問題でしょうか？」

と、きいた。

「何でだね？」

「服部は、ピギーバックに積まれたW運送のトラックに、かくれて、七日朝の六時十一分に、東京に着いた。それだけしか、利用してないんじゃありませんか？」

「いや、違うね。東京に着いてから、服部は、現場に行って、仁村を殺し、羽田へ急行したんだ。七時発の飛行機に乗らないと、九時までに、大阪のSホテルへ入れないからだよ。となると、車を利用するしかない」

「タクシーは、どうですか？」

「それもあるが、この貨物ターミナルの近くで、しかも、朝の六時十一分に、タクシーをつかまえられるかね？　うまくつかまえられないと、計画は、駄目になる。それに、タクシーを待たせておいて、殺人は、出来ないよ。もう一つ、私が、気になってるのは、なぜ、小学校の中の砂場で、殺したかということなんだ」

「その答が、二人の運転手にあるということですか？」

「そう期待しているんだがね」

12

河原、五十嵐の二人とも、服部など、知らないと、主張した。

確かに、七日朝、トラックを貸したこともないという。現に、二人とも、きちんと、配送しているのだから、捜査本部に、連れて来て、訊問《じんもん》するわけには、いかなかった。

十津川は、二人の身辺を、洗わせた。特に、ここしばらくの行動である。

独身の河原の方が、八日に、同僚を連れて、豪遊をし、その代金十二万円也を、現金で払ったという情報を得た。

まだ、給料日前である。

それに、金を持っているとしても、突然、他人に、おごるというのは、異常である。

それも、豪遊なら、なおさらなのだ。

つまり、臨時の金が入ったことを、窺《うかが》わせる。それも、アブク銭がである。

十津川は、河原を、捜査本部に、呼んだ。

パンチパーマの眉《まゆ》の太い男である。

最初から、挑戦的で、十津川に向かって、

「おれが、何か、悪いことをしたのか？」

と、声高に、いった。

「殺人の共犯だよ」

十津川は、わざと、強い調子で、いった。その方が、こうした男には、効果があると、思ったからである。

「殺人？」

と、案の定、河原は、眼をむいた。

「そうだ。殺人に手を貸せば、共犯だよ」

「何のことか、わからないな」

と、いう。本当にわかっていない感じだった。十津川にとっては、この方が、与《くみ》しやすい。

「君に、トラックを借りた服部が、人を殺したんだ。そうなれば、立派な共犯だろうが」

「そんなことは、知らねえよ」

「服部が、殺人に使ったトラックのナンバーは、目撃者がいて、わかってるんだ。そのナンバーは、君が、七日に、運転したトラックのものなんだよ」

「畜生！」

突然、河原は、怒鳴った。

「あの野郎！」

と、また、怒鳴った。

「服部のことかね？」

「そうだよ。七日の朝、二時間ばかり、あのトラックを貸してくれって、それだけしかいわなかったんだ。殺しに使うなんて、ぜんぜん、いわなかったんだよ」

「欺《だま》されたといいたいのか？」

「そうさ。そうに、決まってるじゃないか」

「信じられんね」

「信じてくれよ。おれは、ぜんぜん、知らなかったんだ」

「洗いざらい話せば、信じられるかも知れないがね」

「三日だったかな。突然、服部が、訪ねて来たんだ。前に、おれが、大阪へ行ったとき、奴は、向こうの営業所で働いていて、知り合ったんだ」

「それで、三日に、何を話したんだ？」

「七日の朝、ピギーバックで運ばれたトラックを、運転するのは、お前だろうというのさ。どうやら、営業所で、聞いたらしいんだ。それで、あというと、七日朝の六時から、八時まで、どうしても、車で回らなければならないところがある。それで、自分に、その間、トラックを貸してくれというんだ」

「いくらもらったんだ？」

「え？」

「頼まれただけで、うんといったわけじゃないだろう？」

十津川がいうと、河原は、急に、頭をかいて、

「ああ、三十万くれたよ」

「それで、服部は、トラックを、どこへ置いておくと、いったんだ？」

「それが、羽田の空港の駐車場へ置いておくといったんだよ」

「八時に、君は、君のトラックを、受け取りに行ったんだな？」

「そうだよ」

「ちゃんと、置いてあったかね？」

「ありましたね。別に、積荷もなくなっていないし、ぶつけた形跡もないんで、その

まま、運転して、全部の配送をすませましたよ。だから、会社には、ぜんぜん、損をさせていませんがね」

「だが、服部は、君のトラックで、殺人をやったんだよ」

「そんなこと、知りませんよ」

「しかし、三十万円もらったんだろう？」

「ええ」

「ただ、二時間ばかり、車を借りるのに、そんな大金を払うと、思っていたのかね？」

亀井が、じろりと、河原を睨《にら》んだ。

「ずいぶん、物好きだとは、思いましたがねえ」

「呑気《のんき》な男だな」

「そういわれてもね」

「まあ、いいよ。カメさん」

と、十津川は、笑って、亀井に、いってから、河原に向かって、

「明日の朝、四トントラックを、運転してもらえないかね？」

「いいですけど、会社の方は、どうなるんです？」

「私から、話しておくよ。四トントラックも、君の会社から、借りることにする。午前六時十一分に、貨物ターミナルから、出発する」

「そんな早くですか？」

「君には、殺人の共犯容疑があるんだ。それを晴らしたければ、こちらに、協力することだな」

と、十津川は、いった。

翌日、W運送から、四トントラックを一台借り、それを、河原に運転させて、十津川と亀井は、朝の六時十一分に、貨物ターミナルを、出発した。

そこで、十津川は、殺人現場と、羽田空港の地図を、河原に渡した。

「まず、この小学校に行き、次に、羽田へ行ってもらいたい。それも、なるべく、早くだよ」

と、十津川は、いった。

まだ、朝の渋滞は、始まっていない。

河原は、スピードをあげて、四トントラックを、走らせた。

ターミナルから、小学校まで、十二分で着いた。

「とめてくれ」

と、十津川は、いった。

トラックは、小学校の塀の横で、とまった。

小学校は、まだ、開いていない。

十津川は、トラックの屋根にあがってみた。

塀の方が、低かった。

亀井が、あがって来た。

二人は、箱の上に、移ってみた。ここでも、塀より高い。

「ここから、服部は、塀越しに、仁村の死体を、砂場に向かって、投げ込んだんだよ」

と、十津川は、いった。

「なぜ、そんなことをしたんでしょうか？」

「この学校は、七時半まで、開かない。つまり、この中に、死体を放り込んでおけば、七時半まで、発見されないということだよ」

「そうか。その間に、服部は、羽田から、飛行機に乗ってしまおうと、考えたわけですね？」

「そのためには、午前七時発の飛行機に乗らなければならないんだ」

箱の上で、そんな会話を交わした二人は、運転席に戻ると、河原に、

「羽田へ急いでくれ」

と、いった。

河原は、アクセルを踏んだ。

スピードをあげる。

百キロ近いスピードになっていた。

「こんなに、スピードを出していいんですか？」

河原が、ハンドルを握りながら、十津川にきいた。

「いいから、君は、一刻も早く、羽田へ着くことだけを、考えれば、いいんだ」

と、十津川は、いった。

空港に並ぶ飛行機が、見えてきた。トンネルを抜けて、空港内に、入って行く。

駐車場に、到着。

六時四十一分だった。

「何とか間に合ったね」

ほっとした顔で、十津川が、亀井に、いった。

13

河原に、トラックを運転して帰ってもらってから、十津川と、亀井は、空港内のロビーで、コーヒーを飲んだ。

「これで、服部の行動が、ほぼ、解明できたんじゃないかな」

と、十津川は、亀井を見た。

「そうですね。七時発の飛行機に、乗れることも、わかりましたから、完全に、彼のアリバイは崩れたわけです」

「七時の飛行機に乗れば、八時に、大阪空港に着くから、Sホテルに、九時には、入れるからね」

「そうなんです。ところで、一つだけ、まだ、未解決なことがありますが」

と、亀井が、いった。

「あったかな？」

「仁村の死因です」

「それは、絞殺だろう。首に巻いた白いタオルの下に、指で、絞めた痕があったじゃないか」

「そうなんですが、私が、不思議なのは、絞めたあと、なぜ、犯人が、首に、白いタオルを巻いて、隠したかということなんです。どうせ、調べれば、わかることなんだから、白いタオルなんか、首に巻かずに、そのまま、砂場に、放り込んでしまえば、いいと、思うんですが」

と、亀井が、いった。

もっともな、疑問だった。

十津川は、コーヒーを、ゆっくり飲んでから、

「それは、こういうことだったんだと、思うね。仁村は、毎朝、自宅から、この小学校に向かって、ジョギングをする。服部は、貨物ターミナルから、四トントラックを運転して、ジョギング中の仁村に、近づいた。そして、いきなり、背後から、襲いかかって、仁村の首を絞めた」

「ええ」

「問題は、そのあとだ。小学校の砂場に、放り込む前に、人に見咎《みとが》められてはいけない。そこで、絞殺しておいて、服部は、仁村の死体を、トラックの助手席に、乗せた。小学校まで、運ぶためだよ」

「なるほど」

「ただ、途中で、不審に思われたら、すべてが、水の泡になってしまう。何よりいけないのは、助手席にいるのが、死体だと、わかってしまうことだ。首筋についている指の痕も、見られては、困る」

「そこで、首に、白いタオルを巻きつけて、かくしたわけですね？」

「そのとおりさ。タオルは、ジョギング中の仁村が、肩から、かけてでもいたんだと、思う。そうやって、服部は、仁村の死体を、小学校まで運び、人の気配がないのを見定めてから、屋根にあがって、塀の向こうに、放り込んだんだよ」

「すべて、計算の上で、成功すると考えて、実行したんでしょうね？」

「一回か二回は、予行演習をしたと思うね。そうでなければ、一分一秒を争う仕事を、上手《うま》くは、やれないよ」

と、十津川は、いった。

「これで、決まりですね」

「電話して、刑事部長に、服部の逮捕状を出してくれるように、頼んでくるよ」

十津川は、そういい、腰を上げると、電話の方に向かって、歩いて行った。

振り子電車殺人事件

1

南紀白浜は、東の熱海や、九州の別府と共に、日本を代表する温泉地である。温泉のほかに、海水浴場や、ゴルフコースなどもあり、四季を通じて、観光客が絶えない。

気短な人なら、東京、名古屋からの航空便を利用する手もあるが、大半の客は、国鉄の白浜駅で降りる。

さして大きな駅ではないが、駅前には、白浜、湯崎、ワールドサファリ、あるいは、田辺、椿《つばき》温泉などへ行くバスの乗場があり、レンタカーの営業所もある。

列車から降りて来る人々は、バスや、タクシー、あるいは、レンタカーで、目的地へ向かう。

ちょうど、昼頃に、白浜駅に降りた観光客の中には、駅近くの食堂で、食事をしてから、バスに乗る人もいる。

この日、八月二十日に、駅前のレストラン「白浜」に入って来た男も、そうした観光客の一人らしかった。

ボストンバッグを提げた四十五、六歳の男である。

「ええと、かつ丼が出来るかね」

と、男は、お茶を運んできたウェイトレスにいった。

ほかにも、家族連れの客がいたが、入れ代わりに、店を出て行った。

男は、お茶を飲み、それから、煙草を取り出して、火をつけた。

異変が起きたのは、そのときだった。

突然、男が、口にくわえていた煙草を落とし「ううッ」と、呻《うめ》き声をあげたのである。

両手で、のどを掻《か》きむしりながら、椅子から転げ落ちた。

ウェイトレスが、びっくりして、

「お客さん、どうなさったんですか？」

と、床に倒れた男を、のぞき込んだ。

男は、床の上で、身体を折り曲げて、ただ唸《うな》り声をあげている。

「旦那さん！」

若いウェイトレスが、甲高い声で叫んだ。

主人の井上は、太った身体をゆするようにして、出て来たが、あわてて、ウェイトレスに「救急車を呼ぶんだ」といってから、男の傍に屈み込んだ。

「大丈夫ですか？　お客さん」

「下《くだ》りの――グリーン車の男――」

「下りが、どうかしたんですか？　え？」

井上は、太い腕で、男の身体を抱き起こしたが、もう、男は、ぜいぜいいうだけだった。井上には、どうしていいかわからなかった。

何が起きたのかも、わからなかった。

五分して、救急車が到着した。が、男は、すでに、事切れていた。

念のために、市内の救急病院へ運んだが、それは、死亡を確認しただけのことである。

病院では、毒物死の疑いがあるとみて、警察に連絡した。

和歌山県警の刑事が駆けつけたのは、さらに、十分後である。

「たぶん、水銀系の農薬じゃないかと思いますね」

と、医師は、県警の長谷川警部にいった。

「駅前のレストランから運ばれて来たということでしたね？」

長谷川は、汗を拭《ふ》きながらきいた。

「そうです。『白浜』という店から、救急車で、運ばれて来たんです。ここへ着いたときには、もう死亡していましたが」

「その店へ行ってみよう」

と、長谷川は、部下の田口刑事を促《うなが》した。

2

食堂の主人の井上は、まだ、蒼《あお》い顔をしていた。

「うちじゃあ、まだ、お茶しか出していませんでしたからね。食中毒ってことは、ありませんよ」

井上がいうのを、長谷川は、手を振って、

「食中毒で死んだんじゃないんだ。どうも、農薬を飲んだらしい。それで、男のことを聞きたいんだが、前に、来たことのある客だったかね？」

「いや。初めてのお客さんでしたよ」

「駅からやって来たのかな？」

「さあ、たぶん、そうだと思いますが、はっきりしたことはわかりませんね。白浜温泉からやって来て、列車に乗る前に、食事をとろうとしたってこともありますからね」

「なるほどね。それで、男は、何を注文したんだ？」

「かつ丼ですよ。それが出来ないうちに、突然、苦しみ出して、びっくりしましたよ」

「それで？」

「どうしたんですかってきいたら、変なことをいいましたよ」

「変なこと？」

「下りのグリーン車の男が、どうとか——」

「下りのグリーン車の男ねえ。そのあとは？」

「それだけですよ。きき直したときには、もう、口も利《き》けなくなっていましたよ。やっぱり死んだんですか――」

井上は、溜息《ためいき》をついた。

長谷川は、男が、最後にいったという言葉を重視した。

もし、これが、殺人事件なら「下りのグリーン車の男」が、犯人かもしれない。

男の死体は、司法解剖のために、大学病院へ送られ、長谷川たちは、男の所持品を調べた。

十八万円入りの財布

ダンヒルの腕時計

崎田徹の名刺五枚

同じ名前のクレジットカード

これが主なものだが、名刺とクレジットカードから見て、男の名前は、崎田徹と考えてよさそうである。

名刺には「新中央興業会計課長」の肩書が刷ってあった。会社の住所は、東京の中央区八重洲《やえす》である。

しかし、長谷川警部が、あっけにとられたのは、ボストンバッグの中身だった。

ルイ・ヴィトンのボストンバッグを開けてみると、中から出てきたのは、古い週刊誌だけだったのだ。各種の週刊誌が、二十冊も詰め込んであった。

「何だい？　これは」

と、長谷川は、苦笑して、週刊誌を、机の上に放り出した。

「レストランの主人は、男が、ボストンバッグを、大事そうに持っていたといっていましたね」

田口刑事も、わけがわからないという顔で、首をかしげている。

「大切なボストンバッグの中身が、古雑誌か」

長谷川は、念のために、週刊誌のページを繰ってみたが、何かはさんである様子はなかった。ただの古い週刊誌である。

ルイ・ヴィトンのボストンバッグのほうは、新しいもので、ブランド品だから、十五、六万円はするだろうが、だからといって、大事そうにしていたとは思えなかった。

「下りのグリーン車の男か」

と、長谷川は、呟《つぶや》いてから、

「その男に、毒を飲まされたかな」

「しかし、警部。被害者は、レストランに彼ひとりで入って来たそうじゃありませんか」

「だから、その店へ来る前に飲まされたんだ」

「水銀系の農薬というのは、そんなにゆっくり作用するものですか?」

「たぶん、カプセルに入れたヤツを飲まされたんだ。カプセルの厚さを調整すれば、飲んでから、死ぬまでの時間も、ある程度、かげんできるだろう」

「そうかもしれませんが、そうだと、おかしいことがでてきますよ」

田口は、難しい顔でいう。

「どんな点が、おかしいんだ?」

「被害者は、レストランで『下りのグリーン車の男』といったわけです」

「ダイイングメッセージとみていいだろうね」

「とすると、被害者は、自分に毒を飲ませた犯人のことを告げたことになります。下りのグリーン車というところをみると、白浜へ来る下りの列車のグリーン車の中で、その男に飲まされたことになります」

「そんなところだろうね」

「もし、被害者が、相手の男をよく知っていれば、名前をいったと思うのです」

「そうだな。だから、見知らぬ男だったんだろう」

「そこがおかしくありませんか。見知らぬ男に、列車の中で、毒を飲まされたことになってしまいます。ビールとか、コーヒーに混ぜて、すすめられたら、相手が、知らない男でも、飲むかもしれませんが、その場合には、すぐ、毒が効《き》いてしまって、白浜の駅で降りて、レストランまで歩けませんよ。だから、警部のいわれるように、カプセルに詰めたものを飲まされたと思いますが、そんなものを見知らぬ男からもらって、飲むでしょうか？」

「その疑問は、私も感じるよ」

と、長谷川は、肯いてから、

「とにかく、この崎田徹という男が、いったい何者なのか、東京で、調べてもらおうじゃないか」

3

捜査依頼は、電話でおこなわれた。

受話器を置いた、警視庁捜査一課の十津川警部は、亀井刑事に向かって、

「ちょっと面白い事件だよ。南紀白浜駅前のレストランで、男が毒死した。カプセルに入れた水銀系の毒物で殺されたらしい。その男が、大事そうに持っていたルイ・ヴィトンのボストンバッグには、札束ではなく、古雑誌の束が入っていたそうだ」

「確かに、面白い事件ですね」

「死んだ男の名前は、崎田徹。東京駅八重洲口にある新中央興業の会計課長だ。もう一つ、男のダイイングメッセージは『下りのグリーン車の男』だそうだ」

十津川は、そのダイイングメッセージと男の名前を黒板に書きつけた。

すぐ、日下《くさか》と西本の二人の刑事が、新中央興業へ出かけて行った。

「下りのグリーン車ですか」

亀井は、時刻表を取り出して、ページを繰っていった。

「白浜駅前のレストランに入って来たのは、十二時十五分頃だったそうだよ」

「東京から行くとすると、大阪回りで行く方法と、名古屋から、関西本線と紀勢《きせい》本線を経由する方法とがありますね」

「下りのグリーン車というから、大阪経由じゃないだろう」

「そうですね」

肯いて、亀井は「紀勢本線、阪和《はんわ》線（下り）」のページを開いた。

「新宮《しんぐう》一〇時二〇分発の『くろしお7号』というのがあります。この『くろしお』は、九両編成のL特急で、グリーン車も、一両ついています。それに『くろしお7号』の白浜着は、一二時〇五分です」

「その列車だろうね」

と、十津川も、時刻表をのぞき込んだ。

この列車は、新宮発だから、被害者は、前日、ここに、一泊したのかもしれない。

日下と西本の二人の刑事が帰って来たのは、五時間ほどしてからである。

二人とも、顔から、汗を噴き出していた。

まだ、夏の盛りで、外は、三十度を超す暑さだからだろう。

「ご苦労さん」

と、亀井が、二人に、冷えた麦茶を出した。

日下は、一口飲んでから、

「新中央興業というのは、何でも扱う商社ですね」

と、十津川に、いった。

「商社ねえ」

「雑貨から、トラックまで扱っています。相手は、主として、東南アジアですが」

「それで？」

「メーカー品と称して、安物のビデオデッキを、大量に東南アジアに売りつけて、問題になったことがあります」

「ふーん」

「そこの管理部長に会って、崎田徹のことをきいてみたんですが、これが、どうも妙なんです」

と、西本が、いった。

「どう妙なんだ？」

「崎田は、一カ月前に退職しているから、うちの会社とは、関係ないというわけです。ところが、会計課の女の子にきいたら、今月も、崎田は、会社に来ていたというんです」

「妙な話だな」

「その女子社員の話では、課長の崎田が顔を見せなくなったのは、八月十六日からで、十五日には、社にいたそうです」

「崎田の評判は？」

「堅物で通っていたそうです」

「家族はいるのか？」

「娘が、半年前に、交通事故で死んでいます」

「奥さんは？」

「奥さんは、早く亡くして、娘を、男手一つで育てていたと聞きました」

「あまり幸福じゃなかった男か――」

「どうも、あの会社は、おかしいですよ」

と、日下がいった。

「被害者の扱い方がか？」

「そうです。会計課の女の子に、われわれが質問していたら、上役が、心配そうに、聞き耳をたてていましたからね。被害者と会社との間に、何かあったんじゃないかと思うんです」

「何かと問題のある会社か」

「前に、ニセのダンヒルのライターや、ニセのオメガの時計が、大量に出回ったことがありますが、それにも、この新中央興業が関係していたんじゃないかといわれています」

「社長は、どんな男なんだ？」

「川原勇三という五十二歳の男で、弁護士あがりです」

「今でも、弁護士の資格を持っているのか？」

「いえ。暴力団と関係していたことがわかって、五年前に、弁護士の資格を失っています」

「すると、今でも、暴力団と関係があるのかね？」

「それはわかりません。その点を、管理部長にきいたら、とんでもないと、否定していましたが」

「もう一つ、女の名前が浮かんできました」

これは、西本が、いった。

「被害者には、女がいたのか？」

「同じ会計課の社員で、池田章子という二十七歳の女性が、同じく、八月十六日から、来なくなっています。四谷のアパートに住んでいたんですが、そこにも、帰っていません」

「被害者と、彼女の間には、何か関係があったのかね？」

「彼女の同僚の話では、二人が、並んで歩いているのを見たことがあるということです。夜おそくですが」

「女ねえ。被害者のダイイングメッセージでは、男だからな。彼女が、毒を飲ませたのではないらしいね」

「これが、彼女の写真です」

西本が、一枚の写真を、机の上に置いた。

いかにも、平凡な目立たない感じの女だった。今風にいえば、ネクラな感じのする女である。

この女が、四十過ぎの男、それも、上司との関係があったのだろうか。

4

警視庁から、東京での調査の結果と同時に、池田章子の写真も、電送されてきた。

和歌山県警では、その写真を、何枚もコピーして、白浜周辺のホテルや、旅館に配った。

彼女が、被害者と関係があるとすれば、白浜に来ている可能性があったからである。

翌八月二十一日になって、司法解剖の結果も出た。

死因は、やはり、水銀系の農薬による中毒死ということだった。

とすれば、どうしても、カプセルに入れて飲ませたとしか考えられない。

県警の長谷川も、被害者が、白浜まで乗って来たのは、下りの「くろしお7号」だろうと、考えた。

白浜着が、一二時〇五分で、レストラン「白浜」の主人の証言に合うからである。この列車のグリーン車内で、被害者の崎田徹は、男に、農薬入りのカプセルを飲まされたのだろう。

問題は、名前も知らない男から、どうして被害者が、農薬入りのカプセルを飲まされてしまったかという疑問である。

田口刑事たちが、被害者の顔写真を持って、白浜駅に行った。が、昨日は、夏休み中で、乗降客が多く、改札係は、被害者を覚えていなかった。

その日の夕方になって、白浜警察署から、手配の池田章子を見つけたという連絡が入った。

白浜温泉の「うしお旅館」に、泊まっているという。

長谷川は、すぐ、田口を連れて、急行した。

白浜の近くにある旅館である。潮騒《しおさい》が聞こえてくる。

池田章子は、山田良子という偽名で、昨日から泊まっているということだった。

長谷川が、二階の部屋にあがって行き、警察手帳を見せると、彼女は、顔色を変えて、

「あの人に、何かあったんですか」

と、きいた。

「あの人というのは、崎田徹さんですね？」

長谷川が、きき返すと、今度は、黙り込んでしまった。

「あなたは、崎田さんと同じ会社にいた池田章子さんですね？」

「――」

「崎田さんは、死にましたよ」

「死んだ――？」

「そうです。死にました」

「そんな――」

と、彼女は、絶句した。

「それも、殺されたのではないかと考えられるのですよ。われわれは、犯人を捕まえなければならんのです。だから、協力していただけませんか」

「本当に、崎田さんは、殺されたんですか？」

池田章子は、じっと、長谷川を見つめた。

「そうです。犯人に、心当たりはありませんか？」

「私には、わかりません」

「あなたは、昨日、この旅館に来たそうですね？」

「ええ」

「ここで、崎田さんに会うことになっていたんですか？」

「ええ」

「なぜ、一緒に来なかったんです？」

「彼が、別に用があるというし、私は、新宮に親類があるので、一昨日は、そこに泊まって、昨日、ここへ来たんです」

「新宮からは『くろしお7号』で、来たんじゃありませんか？　一〇時二〇分新宮発の列車です」

「ええ。なぜ、ご存じですの？」

章子は、びっくりした顔できいた。

「死んだ崎田徹さんは、この列車に乗っていたと思われるんですよ。昨日の『くろしお7号』のグリーン車に乗っていたんです」

「まさか――」

「あなたは、グリーン車に乗りましたか？」

「いいえ。自由席ですわ」

「それなら、わからなかったのかもしれませんね」

「でも、一緒の列車だったなんて、信じられませんわ」

章子は、うつろな顔でいった。

長谷川は、そんな女の顔を、じっと見つめながら、この女が、犯人ではないのかと思っていた。

殺された崎田は「下りのグリーン車の男」といったといわれている。

しかし、そのダイイングメッセージは、長谷川が聞いたわけではなかった。井上というレストランの主人が聞いたのである。しかも、突然の異変に、仰天しながら聞いたのだから「おんな」といったのに「おとこ」と、聞き違えたということも、考えられるのではないか。

彼女なら、崎田も、何の警戒も抱かずに、農薬入りのカプセルを飲んでしまうだろう。

「崎田さんの持っていたルイ・ヴィトンのボストンバッグには、古い週刊誌が詰まっていたんですが、なぜだか、わかりますか？」

「古雑誌が？」

「そうです。古雑誌を、大切に持っていた理由がわからない。あなたなら、わかるんじゃありませんか？」

「わかりませんわ」

と、章子はいったが、その眼は、落着きを失《な》くしていた。明らかに、動揺しているのだ。崎田の死と同じように、ボストンバッグのことが、彼女を動揺させたに違いなかった。

「何か知っているんですね？」

と、長谷川は、章子の顔をのぞき込むように見た。

章子は、まだ迷っているようだったが、しばらく、間《ま》を置いてから、

「崎田さんが殺されたのは、本当なんですか？」

と、きき直した。

長谷川は「本当です」といった。

「あとで、確認をしてもらいますがね」

「ボストンバッグの中身が、古雑誌だったというのも、本当なんですね？」

「東京を出るときは、あの中に、札束が入っていたんじゃありませんか？」

長谷川が、切り込むと、章子は、覚悟を決めたように、

「五千万円入っていたはずなんです。それと、何か書類が」

と、いった。

「五千万円と書類ですか。それは、会社の金ですか？」

「ええ」

「それでは、会社の金を持ち逃げしたわけですか？」

「でも、会社は、崎田さんに、不正経理とか、中古車の不正輸出なんかの責任を負わせようとしたんですわ。だから、おとなしい崎田さんも、怒ってしまって、会社のお金を持って逃げたんですわ」

「あなたは、そんな彼に同情したわけですか？」

「ええ」

「五千万円と一緒に入っていた書類というのは、何なんですか？」

「私は知りません。でも、それを持っていれば、会社は、おれを、どうにも出来ないんだと、崎田さんは、いってたんですけど」

章子は、肩を落とし、黙ってしまった。

5

「五千万円の持ち逃げか」

十津川は、電話を切って、小さな唸り声をあげた。

亀井に、和歌山県警からの連絡内容を話した。

「それに同情した部下のＯＬとの逃避行だったわけですか」

と、亀井は、小さな溜息をついた。

よくある話のようでもあるし、特別な事件のようでもある。

「崎田は、会社の秘密を握っていて、それで会社を牽制《けんせい》したつもりだったんだろうね。

だが、相手が悪かった」

「社長の川原勇三が、直接手を下したとは思えませんが」

「社長がやったのなら、崎田は、ダイイングメッセージで、ちゃんと、犯人の名前をいっているだろう。社長の川原に頼まれた誰かが、下りの列車のグリーン車の中で、崎田に、農薬入りのカプセルを飲ませ、五千万円と、会社の不正を証明する書類の入ったボストンバッグと、古雑誌を詰めた同じルイ・ヴィトンのボストンバッグをすりかえたんだ」

「なぜ、カプセル入りにしたんでしょうか？」

「時間稼ぎだよ。即死したんでは、自分が逃げられなくなるからね。問題は、崎田は、逃避行だから、用心深くなっていたはずなんだ。それなのに、なぜ、見知らぬ男の出したカプセルを飲んだかということだよ」

「そうですね。池田章子なら、簡単に飲ませられたでしょうが」

「和歌山県警では、それで、彼女に疑惑の眼を向けているらしい。崎田のダイングメッセージの『グリーン車の男』というのは『グリーン車のおんな』というのを、レストランの主人が、聞き違えたのではないかといっていた」

「なるほど」

「もう一つの考えは、彼女には、男がいたという線だ」

「なるほど。車内で、自分の友だちだとか、親戚《しんせき》だとかいって、その男を、崎田に紹介し、男が、薬をすすめたということですね。それなら、崎田は、簡単に飲んだかもしれませんね」

「だから、崎田は、死ぬ間際に『男』といったんじゃないかというわけだよ。和歌山県警は、この線もあると思っているようだ。男は、すりかえたボストンバッグを持って、そのまま、下り『くろしお7号』に乗って行く。大阪の天王寺《てんのうじ》まで行く列車だからね。池田章子は、疑われるといけないので、白浜で一緒に降り、先に白浜温泉へ行く。間もなく、崎田が死ぬとわかっているから、理由をつけて、先にバスに乗ったんだろう」

「池田章子に、崎田以外の男がいたかどうか、調べてみましょう」

「もう一つの線も調べてくれ。社長の川原勇三が、誰かをやって、殺させたという線だ。チンピラに、金を与えて殺させたということは、まず考えられないね。会社の不正を証明する書類が一緒だったわけだからね。社長が信頼している人間だろう」

「川原のまわりにいる人間で、ここ二、三日、様子がおかしかったり、旅行したりしている男を、チェックしてみます」

亀井は、他の刑事数人を連れて、飛び出して行った。

十津川は、南紀の地図を取り出して見ていたが、図書室へ行き、国鉄の特急列車について書いた本を、借り出した。

崎田徹は、ダイイングメッセージで「下りのグリーン車」といっていることから、特急「くろしお」という列車が、マークされた。

いかにも、南紀の海岸線を走る列車にふさわしいトレインネームである。

この紀勢本線を走る列車は、ほかにも、急行「きのくに」があるが、逃げていることを考えれば、常識的に見て、特急「くろしお」を利用するだろう。

それに、十二時前後に、白浜に着くのは「くろしお」だし、池田章子自身、下りの「くろしお7号」で、新宮から白浜に行ったと証言している。

「国鉄の特急列車」という本によれば、L特急「くろしお」は、やはり、黒潮のことで、曲線の多い紀勢本線で、スピードアップをはかるために、昭和五十三年十月から、381系振り子電車が投入され、地方幹線としては類を見ない表定速度八十キロを達成したと書かれてあった。「くろしお」の写真ものっている。クリーム色の車体に、赤い横の帯が入っていて、波頭の図案のところに「くろしお」という字の入ったヘッドマークをつけた特急電車である。

（振り子電車か）

だが、その説明がないので、具体的に、どんな車両なのか、わからなかった。

曲線区間では、どうしても、スピードを落とさざるを得ない。それを克服するための車両だということはわかる。たぶん、振り子の原理を利用したものだろうが、それ以上は、乗ったことがないので、はっきりしない。

（一度、乗ってみたいものだ）

と思う反面、振り子電車だろうが、普通の電車だろうが、殺人には関係ないなとも思った。振り子電車だからといって、殺人がやり易いということはないだろう。

二時間ほどして、まず、西本ともうひとりの刑事が帰って来た。

「池田章子の男関係を調べて来ました」

と、西本が、報告した。

「地味な性格だったせいで、上司の崎田以外には、男の匂いはありませんね」

「兄か弟はどうだ？」

「兄が一人いますが、これは、年齢が三十二歳で、すでに結婚して子供も二人います。当日のアリバイも、はっきりしています」

「やはり、会社関係かな」

と、十津川は、いった。

亀井は、若い日下刑事を連れて、川原勇三の周辺を調べていたが、夜おそくなって、帰って来た。

「川原は、会社でも、社長秘書を置いていますが、そのほかに、私設秘書といった、若い男を二人、使っています」

と、亀井が、いった。

「私設秘書のほうだな。正式な秘書なら、殺された崎田も、顔は知っているだろうから、ダイイングメッセージで、名前か秘書といった言葉をいったはずだ」

「私も、そう思いましたので、私設秘書の二人を追ってみました。それについては、日下君が、報告します」

「ええと、名前は、片野真一、二十八歳と、永江幸夫、三十五歳です。片野は、大学時代空手部の主将をやっていまして、どうやら、秘書というより、川原のボディガードをやっているようです」

と、日下が、メモを見ながらいった。

「永江のほうは？」

「こちらは、身長百七十センチ、やせた、インテリタイプです」

「たぶん、やったとすれば、永江のほうだろうね。毒をカプセルに入れて飲ませるというのは、空手の猛者《もさ》の手口じゃない。二人のアリバイは、どうなんだ？」

「直接、この二人にきいてみたんですが、片野は、八月二十日には、朝から、社長の川原について、千葉県内のSゴルフクラブに行ったといっています。夕方までです」

「裏はとれたのか？」

「川原は、間違いなく、八月二十日の午前十時に、Sゴルフクラブに行っています。

懇親ゴルフということで、政治家や、同業者も集まっていて、証人は、たくさんいます。片野ですが、彼は、川原が、コースに出ている間、クラブハウスで待っていたことは、従業員が証言していますし、午後六時ごろ、千葉市内で、宴会が開かれましたが、片野は、それに出ています」

「永江はどうだ？」

「八月十九日の午後、大阪にある新中央興業の大阪支店に、社長の命令で行ったそうです」

「大阪？」

「そうです。仕事がすんだあと、支店長と、キタの『葵《あおい》』というクラブで飲み、午前一時頃、ホテルに戻った。翌日は、大阪市内を見物してから、夕方、東京に帰ったといっています。二十日の夕方、東京へ帰ったことは、裏がとれました。永江がよく行くという銀座のステーキ屋があるんですが、ここの主人が、二十日の午後七時頃、間違いなく、永江が来て、食事をしていき、大阪のお土産《みやげ》をくれたと証言しています」

「大阪府警に頼んで、八月十九日の行動をチェックしてもらおう」

と、十津川は、いった。

翌日、大阪府警に、調査を依頼したが、永江が、十九日の夜、大阪キタの「葵」というクラブで飲んだことは、簡単に証明された。

この店は、新中央興業大阪支店の支店長の行きつけの店で、永江は、ママに、名刺を渡していた。

ママと、テーブルについたホステスの証言によれば、支店長と永江は、午前一時近くまで飲み、ホステスの一人が、永江を、タクシーで、大阪市内のホテルまで送って行ったということだった。

「問題は、八月二十日の永江の行動ですね」

亀井がいう。

「もちろんだ。この地図を見てくれ」

と、十津川は、時刻表の索引地図を広げた。

「南紀を走るL特急『くろしお』は、大阪の天王寺と、白浜、新宮の間を走っている。永江が犯人とすれば、彼は、八月二十日の『くろしお』に乗り、グリーン車内で、崎田に、毒入りのカプセルを飲ませたんだよ」

十津川は、指先で、天王寺から、白浜までの路線を、なぞって見せた。

「適当な列車がありますか？」

と、亀井が、きいた。

「一〇時〇〇分天王寺発、新宮行の『くろしお8号』がある。この列車の白浜着は、一二時〇四分だ。白浜のレストランの主人は、十二時十五分頃に、崎田が店にやって来たといっているのだから、ぴったりだよ」

十津川は、時刻表を見ながらいった。

「犯人が、その列車に乗っていて、白浜に着く前に、崎田にカプセルを飲ませたとしてですが、同じ日の午後七時に、銀座で、ステーキが食べられますか？」

と、きいたのは、日下刑事だった。

「それは、大丈夫だ。終着の新宮まで行かずに、犯人も、白浜でおりてしまう。そして、白浜発一二時〇八分、天王寺行の『くろしお7号』に乗って、引き返すんだ。この列車の天王寺着が、一四時一六分。天王寺から、新大阪までは、大阪環状線を使ってもいいし、地下鉄御堂筋《みどうすじ》線を使ってもいい。地下鉄なら、天王寺―新大阪間は、二十分しかかからない。乗りかえなどの時間を見ても、三十分あれば、新大阪へ着けるはずだ。つまり、一四時四六分には新大阪に行けるんだよ。一五時一〇分新大阪発東京行の『ひかり6号』に乗れば、東京に一八時二〇分（午後六時二十分）に着く。午後七時に、銀座で、ステーキが食べられるんだ」

十津川がいうと、日下は、眼を輝かせて、

「これで、決まりですね。永江が、社長の川原にいわれて、L特急『くろしお8号』の中で、崎田に、毒入りのカプセルを飲ませ、五千万円と、書類の入ったボストンバッグを、すりかえて、持ち去ったんですよ」

一瞬、これで、事件が、解決したような空気になった。

だが、十津川が、急に「駄目だ」と、いった。

「国鉄では、下りに奇数、上りに偶数をつけている。天王寺一〇時〇〇分発の『くろしお8号』は、上り列車だよ。殺された崎田は、ダイイングメッセージで『下りのグリーン車』といってるんだ」

6

壁にぶつかってしまった。

十津川をはじめとして、困惑した顔が並んだ。

「崎田が、上りと下りを間違えたということは、考えられませんか？」

と、西本刑事が、遠慮がちにいった。

「可能性はあるが、今は、崎田のダイイングメッセージが、正しいとして考えなければばいけないよ。もし、ダイイングメッセージを疑ってかかったら、推理は、成り立たなくなってしまうからね」

十津川は、厳しい眼でいった。

「下りの『くろしお』になると、やはり『くろしお7号』しかありませんね。ほかに、十二時頃、白浜に着く下りはありませんから」

亀井が、時刻表を見ながら、確認するようにいった。

「そうだよ。カメさん」

「問題は、この『くろしお7号』に、永江が、新宮—白浜の間で、乗り込めるかどうか、ということになりますね」

「不可能じゃない。新宮一〇時二〇分発の天王寺行の『くろしお7号』は、白浜までは、紀伊勝浦（一〇時三八分）、串本《くしもと》（一一時一〇分）と、二つの駅に停車するんだ。十九日に大阪のホテルに泊まった永江が、先回りして、その二つの駅から『くろしお7号』に乗ればいいんだよ」

「調べてみましょう。天王寺始発の『くろしお』は八時〇〇分発の『くろしお2号』ですが、これが、紀伊勝浦着が一一時四三分で、駄目ですが、一つ手前の串本には、一一時一〇分に着きます。『くろしお7号』は、同じ一一時一〇分に串本に着きますが、発車は一一時一一分です。一分しか停まりませんが、何とか乗れると思います。乗れれば、崎田に毒入りのカプセルを飲ませられますよ」

「午前八時ちょうどの天王寺発か」

「永江が、何時にホテルを出たかが、カギになりますね」

と、亀井がいった。

十津川は、もう一度、大阪府警に依頼して、調べてもらうことにした。

返事は、一時間後に、もたらされた。

「永江幸夫が泊まったのは、大阪駅近くのKホテルです」

と、大阪府警の三浦刑事が、電話で、十津川にいった。

「Kホテルから、天王寺までは、どのくらいの距離ですか？」

「車より、地下鉄のほうが早くて、十分もあれば行けます」

「永江が、八月二十日の何時に、チェックアウトしたか、わかりましたか？」

「午前九時三十分です」

「本当ですか？」

「間違いありません。ホテルの会計係が覚えていました。というのは、フロントに、善意の箱が置いてあって、会計のあと、お客が、釣銭を入れたりするわけです。永江は、それに、一万円札を、ぽんと入れたので、会計係が、びっくりしてしまって、よく覚えていたわけです。九時三十分にチェックアウトしたことは、間違いありません」

電話が切れたあと、十津川は、ぶぜんとした顔になった。九時三十分にホテルを出たのでは、天王寺八時〇〇分発の「くろしお2号」には乗れないのだ。この事態を、どう考えるかということになってきた。

十津川は、考え込んだ。

いくつかの対応の仕方がある。

第一は、西本がいったように、崎田のダイイングメッセージ自体が、間違っているという考え方だ。

崎田は「上り」というべきところを「下り」といい間違えたとすれば、永江は、殺人が可能なのである。

崎田が、上りの「くろしお8号」の車内で毒入りのカプセルを飲まされたのだとすれば、大阪のホテルを九時三十分に出た永江は、ゆっくり「くろしお8号」に乗れるからである。

しかし、この推理が正しいとすれば、崎田が、なぜ、ダイイングメッセージで「上り」と「下り」を間違えたかというはっきりした理由がなければならない。

第二は、永江も、川原も、殺人事件には無関係だという考えである。そうだとすれば、犯人は、和歌山県警の考えるように、池田章子ということになるだろう。

章子に、別の男がいれば、その男と共謀して、崎田の五千万円を奪い取ったということになり「下りのグリーン車の男」というダイイングメッセージが、そのまま、納得されることになる。

「問題は、崎田の行動だね」

と、十津川はいった。

崎田は、会社の金《かね》五千万円と、重要書類を持って、東京を逃げ出した。

八月十六日から、崎田も、池田章子も、会社に来なくなったという。

章子は、十九日は、ひとりで、新宮の親戚の家に泊まったと証言している。

十九日に、崎田は、どこにいたのだろうか？

わかっているのは、二十日の昼の十二時十五分頃、国鉄白浜駅前のレストランに現れた崎田が「下りのグリーン車の男」というダイイングメッセージを残して、死んだということである。

前日の十九日に、崎田も、新宮にいたのなら、犯人は、池田章子だろう。

7

和歌山県警も、崎田徹と、池田章子の足取りを追っていた。

まず、池田章子が、十九日に、本当に新宮にいたかどうか、彼女に、別の男がいたかどうかを、調べてみた。

章子は、新宮に、親戚があるので、そこに泊まったといっている。県警の二人の刑事が、新宮市に出かけた。

新宮は、熊野川の河口に出来た町である。製材、製紙の盛んな木材の町であると同時に、勝浦、湯ノ峰、川湯などの温泉への起点でもあって、そのせいで、六十軒近い旅館が、点在している。

章子の親戚は、この町で、魚屋をやっていた。県警の刑事が、訪ねて行くと、確かに、十九日に、章子が来て、一泊し、翌二十日の朝、帰ったといった。

そのときは、彼女が、ひとりで来たという。

崎田が一緒だったとすれば、彼のほうは、新宮市内の旅館に泊まったに違いない。

そこで、崎田の顔写真を持って、六十軒の旅館を、一軒一軒、回って歩いたが、泊まったという答は見つからなかった。

新宮に近い川湯温泉や、勝浦温泉にも、捜査の足を伸ばしてみたが、結果は、同じだった。

どうやら、崎田は、十九日に、新宮周辺には、来なかったと、考えるより仕方がないということになった。

章子は、八月二十日に、新宮から、一〇時二〇分発の「くろしお7号」に、ひとりで乗ったという。それは、事実だったのだろうか？

もし、事実なら、章子は、崎田を殺した犯人ではないのだ。それでも、県警は、池田章子犯人説を捨て切れなかった。彼女には、はっきりした動機があったからである。五千万円の現金は、殺人の動機には十分だろう。それに「下りの——」という崎田のダイイングメッセージもある。

章子は、逮捕しないでいるが、それでも、監視はつけてあった。もし、彼女が犯人だったら、崎田から奪った五千万円を、どこかに隠してあるだろうし、それを、取りに動くのではないかと考えていたからだが、彼女は、白浜の旅館から、動こうとしなかった。

崎田の二十日以前の動きについては、和歌山県警だけでは、調べようがない。

県警の長谷川警部は、東京警視庁の十津川警部に、合同捜査会議を持ちたい旨《むね》を、電話で告げた。

「私が、東京へ行ってもいいのですが」

長谷川がいうと、十津川は、

「いや、私に、そちらへ行かせて下さい。実は、私も、亀井刑事も、一度、紀勢本線を走っている『くろしお号』に乗ってみたいと思っているんです。振り子電車というそうですが、どんな電車なのか、興味がありますからね」

と、いった。

「じゃあ、どこへ迎えに行きますか？」

「事件が起きた白浜へ行くつもりにしていますので、そこで、お会いしたいですね」

と、十津川は、いった。

8

東京から、南紀白浜へ行くルートは二つある。

新幹線で、名古屋まで行き、名古屋からは、関西本線、紀勢本線と乗りつぐ方法である。ブルートレインを使うのなら、前日の夕方、東京から、ブルートレイン「紀伊」に乗れば、翌日の午前七時二十二分に紀伊勝浦に着けるから、ここから「くろしお」に乗ってもいい。

もう一方は、新幹線で、新大阪まで行ってしまい、天王寺へ出て、ここから、白浜、新宮行の「くろしお」に乗る方法である。こちらのほうが、距離的には、遠回りだが、紀勢本線の単線区間を使用しないことなどのために時間的には、早く着く。

十津川は、この二つのルートを検討した揚句、大阪回りを選んだ。

東京でも、殺人事件が連続して起きているので、一時間でも早く着けるほうにしたかったのと、池田章子よりも、永江幸夫に、疑惑の眼を向けていたからでもある。

池田章子が犯人とすると、彼女の行動は、いかにも馬鹿げていると、十津川は、思うのだ。まるで、疑われるために、動いているとしか思えない。

カプセルに毒を入れて飲ませるというのは、それが溶けるまでの時間を利用して、自分のアリバイを作るためだろう。

それなのに、被害者が、白浜に着いたと思われる十二時頃に、彼女も、白浜に降り、バスで、白浜温泉に向かっている。

被害者が「下りのグリーン車——」と、ダイイングメッセージを残しているのは、新宮から「下り」の「くろしお7号」に乗ったことを、訴えているのだ。

それに反して、永江のほうは、二十日の朝、大阪のホテルを出たあとの行動が、あいまいなままである。市内を見物してから、東京へ帰ったというが、朝九時三十分に、ホテルを出てから、夜の七時に、銀座で夕食をとるまでの間が、空白である。

永江のアリバイは、ただ一つ、被害者のダイイングメッセージが「上り」ではなく「下りのグリーン車——」だったことで成立している。これが逆だったら、永江はすでに逮捕されていても、おかしくはないのだ。

（もし、ダイイングメッセージが、間違っていたら？）

十津川が、大阪回りとしたのは、それを、確認したかったのである。

十津川たちの調査では、被害者の崎田徹は、生前、南紀をよく旅行したという証言はなかった。崎田は、東北の生まれで、これといった趣味はなく、旅行をよくしたということもなかったらしい。

彼が、南紀の白浜で、章子と落ち合うことにしたのは、新宮に親戚がいる彼女の提案によるものだろう。

それに、東京から逃げた二人にとって、関西の白浜は、かくれるのに、格好の温泉場だったのではないか。

もし、崎田が、生まれて初めて、紀勢本線の「くろしお号」に乗ったとすれば、何か「上り」と「下り」を間違えることとぶつかったのかもしれない。

それも確かめたくて、十津川は、大阪回りにしたのである。

その結果が、どう出るかはわからない。もしかすると、永江幸夫はシロで、池田章子がクロの結果になってしまうかもしれなかった。

十津川と亀井は、翌朝、午前六時〇〇分東京発の「ひかり21号」に乗った。東京駅始発の列車である。

十津川も、亀井も、眠くて、列車の中で、眠ってしまった。

新大阪に着いたのは、九時一〇分である。これなら、天王寺へ出て、問題の「くろしお8号」に乗ることが出来る。

天王寺までは、地下鉄を利用した。

(果たして、上りの「くろしお」を、被害者が、下りと間違えるようなことがあるのだろうか?)

9

十津川と亀井は、捜査で、大阪へも何回か来ていたが、天王寺に来たのは初めてだった。

大阪の天王寺というと、東京育ちの十津川は、動物園ぐらいしか想像できないのだが、実際に行ってみると、この天王寺駅が、南紀への玄関だということが、よくわかる。

規模は違うが、上野が、東北、上越への玄関だというのと、よく似ている。

十津川と、亀井は、白浜までの切符を買った。乗るのは、もちろん、一〇時〇〇分発の「くろしお8号」である。

早く着いてしまったので「くろしお8号」はまだ、ホームに入っていなかった。

十津川が、ホームの売店で、煙草を買っていると、

——和歌山行の下りの電車は、間もなく発車しますよと、いった声が聞こえてくる。

（おや？）

と、十津川が、思ったのは、ここから出る「くろしお」は、すべて「上り」のはず

だったからである。

今のは駅のアナウンスではなかった。駅員が「下り」と、いったのである。

駅員と乗客の会話だった。駅員が「上り」と「下り」を間違えたのだろうか？

その駅員が「上り」と「下り」を間違えたのだろうか？

しかし、駅員が、間違えるとは、思えなかった。

十津川は、天王寺駅の助役をつかまえて、聞いてみることにした。

「この天王寺から、下りの列車が出ることもあるんですか？」

十津川が、きくと、陽焼けした顔の、中年の助役は、

「それが、何か事件と関係があるのですか？」

と、十津川の渡した名刺を見ながら、きき返した。

「ええ。ある殺人事件で、問題になっているのです。大変に、大事なことですから、教えていただきたいのですが」

「ここから出る阪和線の列車は、すべて、下りです。和歌山まで行く列車です」

「しかし、ここから出る『くろしお』は、上りでしょう？」

「そのとおりです」

「そのあたりが、どうも、よくわからないんですが」

「こういうことなんです」

親切な助役で、次のように、十津川に説明してくれた。

天王寺から和歌山までは「阪和線」である。大阪の阪と和歌山の和である。

「くろしお」が、大阪（天王寺）から出ているので、紀勢本線の起点が、天王寺のように思えるが、実際には、紀勢本線は、和歌山から、新宮の先の「亀山」までの線区をいうのである。

阪和線は、天王寺が起点で、和歌山が終点なので「下り」になる。

しかし、紀勢本線は、亀山が起点で、和歌山が終点なので、新宮方面から、和歌山に向かうほうが「下り」で、逆は「上り」になる。「くろしお」が、和歌山から出ると、わかりやすいのだが、それでは不便なので、天王寺から出発する。そのため、阪和線の中で「下り」の線路を「上り」の「くろしお」が走ることになってしまったのである。

従って、天王寺から出る列車のうち、和歌山まで行く普通電車は「下り」で、白浜、新宮へ行く「くろしお」は「上り」ということになってしまうのだ。

これでは、乗客が混乱してしまうというので、天王寺のホームには、上り、下りの表示はしていない。

「ただ、駅員が、乗客にきかれて、つい、下り電車といってしまうこともあると思います。ここから出る阪和線の電車は、すべて『下り』ですから」

と、助役は、いった。

十津川は、助役に礼をいい、売店で、時刻表を買って、亀井と、入線した「くろしお8号」に乗り込んだ。

座席に腰を降ろしてから、改めて、時刻表を見た。

紀勢本線を走る「くろしお」というように思っていたが、正確には、阪和線と、紀勢本線の二つの線区を走るのである。

その阪和線のページを見ると、天王寺から和歌山へ向かう電車の列車番号が、すべて、奇数になっている。国鉄では、下りを奇数、上りを偶数で表わしているから、これは、明らかに、下りの列車なのだ。同じく天王寺から、白浜、新宮に向かう「くろしお8号」は、偶数だから、これは明らかに、上りであることを示している。

十津川は、それを亀井に話すと、亀井は、眼を輝かせた。

「これで、崎田徹が、上りと下りを間違えたという可能性が出てきたじゃありませんか。普通の乗客は、列車番号の奇数が下りで、偶数が上りなんて知りませんよ。この天王寺駅で、これから南へ向かうのは、下りだといわれて『くろしお』も、下りだと思い込んでいたんじゃないですか。だから『くろしお8号』に乗ったのだが、下り列車に乗っていたと思い込んでいたんですよ」

「その可能性はあるね。次は、この列車に乗った崎田が、なぜ、見知らぬ男から、毒入りのカプセルをもらって、飲んだかということだね」

と、十津川は、いった。

車内は、ほぼ、満席である。白浜方面へ行く列車なので、いかにも、これから湯治《とうじ》に行くのだという感じの団体客の姿もある。

「ずいぶん、窓の低い列車ですね」

窓際に腰を下ろした亀井が、窓の外を見ながらいった。

隣には、阪和線の列車が入っている。なるほど、亀井のいうように、こちらの車両は、窓が低い。

381系振り子電車というのは、車窓が低くなっているのかもしれない。

そのほかにも、ほかの電車と違う点も多かった。座席の間隔が、狭いので、窮屈である。

窓は、ガラスが二重になっていて、ブラインドが内蔵されている。ハンドルがついていて、回すと、ブラインドが、上下する。感じはいいのだが、窓枠が狭いので、缶ビールなどは、のせることが出来ない。

十時ちょうどに「くろしお8号」は、天王寺駅を出発した。

振り子電車というので、すごく揺れるのではないかと思ったが、いっこうに、揺れはひどくならない。普通の列車と同じである。

和歌山までは、ノンストップである。助役の話を聞いたあとなので、阪和線の区間は、遠慮して停車しない感じで、十津川は、おかしかった。

和歌山着一〇時四五分。

「普通の列車と、変わったところはありませんね」

亀井が、首をかしげながらいった。

一分停車で「くろしお8号」は、再び、動き出した。

スピードが、あがってくる。

天王寺と、和歌山の間は、割りに、直線区間が多かったが、和歌山を出てから、次第に曲線が多くなった。

普通の列車なら、曲線に入るときに、スピードを落とすのだが、この列車は、百キロ近いスピードを、まったく落とさない。

車体が、強烈に傾く。しかし、スピードは落ちない。普通の列車なら、こんなに傾いたら、脱線してしまうだろう。

振り子電車に初めて乗ったので、十津川は、少し気分が悪くなってきた。トイレに行くために、立ち上がった亀井が、危うく、転びそうになった。

車体が、右に左に、大きく揺れる。揺れるというより、振り出されるという感じである。座席にいると、身体が、放り出されるところまではいかないが、通路に出ると、つかまりながらでないと、歩けない。

トイレから戻ってきた亀井が、溜息をついている。

「驚きましたよ。普通の列車だと、カーブに入ると、全車両が、一斉《いっせい》に傾くでしょう。ところが、この列車は、カーブに入った一両ずつ傾くんですよ。直線になって、この車両がもとに戻っても、隣の車両は、まだ、大きく傾いたままなんですよ。それを見てたら、気持ちが、悪くなりましたよ」

と、亀井が、いう。

「なれれば、何でもないんだろうね」

十津川が、いったとき、通路の反対側の席にいた中年の男が、

「気分が悪いんですか？」

と、声をかけてきた。

「たいしたことはありません」

亀井が、答えると、相手は、ニコニコ笑いながら、

「私なんか、なれていて平気ですが、初めての人は、気分が悪くなることがあるんですよ。これを飲むといいですよ」

と、仁丹《じんたん》を差し出した。駅の売店で売っている小さな仁丹のケースだった。

「ありがとう」

亀井は、それをもらって三粒ばかり口に入れてから、十津川と、顔を見合わせた。

「これじゃありませんか？」

と、亀井が、小声でいった。

十津川も、肯いた。

「崎田も、たぶん、初めて振り子電車に乗ったので、気分が悪くなったんだ。そのときを狙《ねら》って、犯人は、薬をすすめたんだろう。気分が悪いのが治ると言ったんだと思うね。自分でも一粒、飲んで見せたのかもしれないね。崎田も、気分が悪くなっていたので、すすめられるままに、カプセル入りの毒を飲んだんだと思う。白浜近くで飲ませれば、降りてから死ぬわけだよ」

10

十津川と亀井が、はしゃいでいるのを、相手は、変な顔をして見ていたが、

「どうですか？　そちらの方も」

と、十津川にも、仁丹をすすめた。

十津川は、笑顔になった。

「もちろん、頂きますよ」

ケースを、受け取って、二粒、三粒と、口の中に放り込んだ。

梅の香りのする仁丹だった。

一一時二五分に、御坊《ごぼう》に着いた。

三十秒の停車で、すぐ出発した。右手に太平洋の真っ青な海が広がり、左手には、山が迫っている。

相変わらず、曲線の多いところで「くろしお8号」は、百キロ近いスピードをゆるめずに、カーブに突入して行く。

十津川も、席を立って、通路に出てみた。

カーブに入ると、足先が、大きく外側に放り出される感じになる。

カーブが連続すると、それが、右に左に、大きく振られる感じだった。スピードを落とさずに走れるのは素晴らしいが、船酔いに似た気分になってきた。

十津川は、船に乗って、時化《しけ》にあったことがある。

横揺れに悩まされて、すぐ、吐いてしまったが、しばらく、船の揺れに身体をまかせていると、酔わなくなった。この振り子電車も同じらしい。無理に、まっすぐ立っていようとすると、酔ってしまう。

とにかく、床全体が、大きく、左右に揺られるので、曲線区間に入ったときに、通路を歩くのは大変である。

座席には、背のところに、手でつかむ把手がついているが、これがなければ、とうてい歩けないだろう。

どうにか、ドアのところまで行き、ドアののぞき窓から、隣の車両を見ていると、亀井のいった意味が、よくわかった。

急カーブに入ると、こちらの車両が、立ち直っても、次の車両が、まだ傾いたままの時間がある。面白いといえば、面白いが、初めてだと、びっくりするだろう。

次の紀伊田辺に停車したときに、十津川は、車掌に、振り子電車の構造を聞いてみた。

親切な車掌で、メモ用紙に、図を描いて説明してくれた。

要するに、振り子電車の場合は、台車と、車体の間に、ローラーが入っていて、カーブに入ると、大きく、外側に放り出される。床面も、大きく傾くが、車体の重心も、大きく傾くから、脱線の心配はないという。

在来車両に比べて、車体が、台車の外にまで、大きくふくらむので、構造的にぶつからないように、丸くカットしてあるし、在来車両に比べて、車高も低くしてある。天王寺で、亀井が、窓が低いといったのは、そのせいなのだ。

「スピードアップは結構ですが、初めて、この振り子電車に乗った人の中には、酔って、気分の悪くなる乗客もいるんじゃありませんか？」

十津川が、きくと、車掌は、困ったような顔をして、

「さほど、揺れはないはずなんですが、確かに、初めての方の中には、気分が悪くなったとおっしゃる方がいますね。なれれば、何ともないと思うんですが」

と、いった。

崎田も、それだったのだ。

永江は、社長の川原から、崎田を消して、五千万円の金と、書類を取り戻せと、命

令されていたのだろう。

永江は、農薬をカプセルに入れて、チャンスを窺《うかが》った。

あるいは、崎田が、八月二十日に「くろしお」に乗るのを知って、農薬入りのカプセルを、用意したのかもしれない。

永江は、前に「くろしお」に乗ったことがあって、初めて乗る乗客の中には、気分が悪くなる者がいるのを知っていた。それで、崎田と同じ「くろしお8号」のグリーン車に乗り込んで、チャンスを狙った。

永江の予想どおり、和歌山を出て、曲線区間が多くなってくると、崎田は、酔って、気分を悪くした。

チャンスである。白浜が近づくのを待って、永江は、崎田に、気分がよくなるからと、薬をすすめる。永江の顔を知らない崎田は、べつに、疑うこともなく、飲んでしまったのだろう。永江も、ただのカプセルを、自分で飲んで見せたのかもしれない。

永江は、そうしながら、崎田のボストンバッグと、古雑誌を詰めた同じルイ・ヴィトンのボストンバッグをすりかえた。

何も知らない崎田は、白浜で降り、昼食を食べに、駅前の食堂へ入ったとき、カプセルが溶け出したのだ。突然、苦痛が、彼を襲った。

そのときになって、毒を飲まされたと気がついたのだろう。だが、永江の名前を知らなかったし、「くろしお8号」を下り列車と思い込んでいたので「下りのグリーン車の男」というダイイングメッセージを残して、死んだ。

「くろしお8号」の白浜着は、一二時〇四分。一方、池田章子の乗った「くろしお7号」の白浜着は、一二時〇五分である。

白浜温泉の旅館で、落ち合うとしか約束してなかった章子は、一分前に、崎田が、白浜に着いたのも知らず、そのまま、バスに乗って、白浜温泉に向かってしまった。

永江は、どうしたろうか？

「くろしお8号」も、白浜止まりではなく、新宮行である。

まんまと、ボストンバッグをすりかえ、毒入りのカプセルを飲ませることに成功した永江は、終点の新宮まで行ったろうか？

たぶん、そうはしなかったろう。一刻も早く、東京へ引き返したかったろうからである。

永江も、白浜で降り、四分後に下りの天王寺行「くろしお7号」に乗ったに違いない。それが、もっとも早く、東京に帰る方法だからである。

十津川と、亀井の乗った「くろしお8号」も、定刻の一二時〇四分に、白浜に着いた。

11

改札口のところに、和歌山県警の長谷川警部が、迎えに来ていた。

十津川が、ダイイングメッセージの謎が解けたことを話すと、長谷川は、肯きながら聞き、

「それでは、犯人は、永江幸夫に決まりですね」

「そうです。池田章子は、シロですよ」

十津川がいった。

「その池田章子ですが――」

「どうしたんですか？」

「彼女が、白浜温泉の旅館から、姿を消してしまったんです」

「姿を消した――？」

十津川は、亀井と、顔を見合わせた。

「実は、われわれも、ホシは、池田章子ではなく、川原の指示を受けた永江ではない

かという考えになってきていたので、彼女の監視は、ゆるめてしまったのです。逃げる心配より、崎田のあとを追って、自殺するのではないかと、その心配をしていたくらいです。その彼女が、旅館から、姿を消してしまったんです。目下、うちの刑事が、行方を追っていますが、まだ、見つかっていません」

「旅館の支払いをすませているんですか？」

「今朝早く、すませています」

「つまり、誰かに連れ去られたわけではなく、自分から姿を消したというわけですね？」

「そのとおりです」

「どこへ行ったか、まったく、手掛かりなしですか？」

「残念ながら、今のところはありません」

「自殺すると、お考えですか？」

「それが、まず心配だったので、そのあたりの海岸をくまなく調べさせましたが、今までのところ、水死者は出ていませんね」

「カメさんは、どう思う？」

と、十津川は、亀井にきいた。

「自殺の線は、あまり考えられないんじゃないかと思います」

亀井は、考えながら、いった。

「なぜだい？」

「二十七歳という年齢もありますし、自殺するなら、崎田の死を知ったすぐあとに、したんじゃないでしょうか？」

「では、なぜ、突然、姿を消したと思うね？」

十津川が、きくと、亀井は、立ち止まって、じっと、考えていたが、

「殺された崎田ですが、彼は、社長の川原に追われることは、十分に知っていたはずです」

「そうだね」

「それなのに、あまりにも、無防備すぎたとは思いませんか？」

「そういえば、そうだな。崎田は、新中央興業の不正を証明する書類を持ち出しながら、簡単に、取り返されてしまっているからね」

「私だったら、五千万円は、自分で持っていますが、書類のほうは、誰かに預けて、万一、自分が殺されたときに備えますね」

「そうか。崎田も、そうしていたんじゃないかと、カメさんはいいたいんだろう？」

十津川がいうと、亀井は、ニヤリとした。

「その書類は、池田章子が持っていたと？」

長谷川が、じろりと、亀井を見た。

「そうです。そう考えるほうが、納得がいきます。ボストンバッグの中に、五千万円と、書類の両方を入れておくのは、どうぞ殺して下さいというようなものですからね」

「しかし池田章子は、書類も、ボストンバッグの中にあったといっていたんだ」

「それは、たぶん、嘘《うそ》ですね」

「彼女が、もし、持っていたとすると、今日の失踪《しっそう》と、何か関係があるのかな？」

「二つ考えられますね。新中央興業の川原も、ボストンバッグの中になかったら、池田章子が持っていると考えると思います。当然、彼女から、取りあげようとするでしょう。だから、一つは、川原たちが、彼女を連れ去ったという見方です」

「もう一つは？」

「逆に、池田章子が、その書類を使って、新中央興業を脅したという線です。崎田の仇《かたき》を取ろうとするのか、それとも、単に、金が欲しいだけなのか、わかりませんが」

「どちらにしろ、彼女の行く先は、東京だな」

と、十津川が、いった。

12

十津川と亀井は、すぐ、東京に引き返すことにした。

十二時〇八分白浜発の「くろしお7号」には乗れなかったが、一三時〇三分白浜始発の「くろしお9号」に乗ることが出来た。

和歌山までは、来たときと同じように「くろしお9号」は、揺れたが、なれたせいか気分が悪くなることはなかった。

一五時〇七分に、天王寺着。

新大阪には、一五時三〇分に着けたので、一五時三四分発の「ひかり180号」に乗ることが出来た。

とにかく、あわただしい帰京である。

十津川は「ひかり」の中から、東京に電話をかけた。

部下の西本と日下の二人の刑事に、池田章子のことを話した。

「新中央興業の川原に、会いに行ったものと思う。金をゆする気だろうが、川原がおとなしく払うとは思えない。彼女が危険だ」

「わかりました。川原の身辺を調べましょう」

「それに、永江の動きにも注意してくれ」

と、十津川は、いった。

東京に着いたのは、一八時四四分である。

陽が落ちて、東京の街には、ネオンがまたたき始めていた。

警視庁に帰ると、西本と日下の二人の刑事は、今、田園調布の川原邸に張り込んでいるという。

十津川も亀井も、すぐ、現場に、急行した。

すでに、午後八時を回っていた。田園調布の高級住宅街は、ひっそりと、静まり返っている。

物かげから、川原邸を監視している西本を見つけて、

「どんな具合だ？」

と、十津川はきいた。

「五、六分前に、永江が、あわただしくやって来ました」

「川原が、呼んだんだろう。池田章子が、電話してきたのに対する善後策の相談かもしれんな」

「私も、そう思います」

「彼女が、どんな電話をかけてきたかだが」

と、十津川は、いった。

動きが見えたのは、九時近くなってからである。

車庫の扉が開いて、白いベンツが、滑るように出て来た。

運転席に一人、リアシートに一人、合計二人の男が乗っている。

「川原と、永江が乗っています」

と、西本が、緊張した声でいった。

十津川たちも、覆面パトカーで、ベンツのあとをつけることにした。

ベンツは、首都高速に入り、上野方面に向かった。九時を過ぎているので、さして混雑はしていない。

「どこへ行く気ですかね？」

リアシートに並んで腰を下ろしていた亀井が、きいた。

「わからんな」

と、十津川がいう。

ベンツは、高速を出た。

上野公園の不忍池《しのばずのいけ》の前へ行って、停まった。

リアシートから、社長の川原一人が、鞄を提げて、車から降りた。

弁天堂のほうへ歩いて行く。
五、六分すると、川原が、小柄な女と戻って来た。
（池田章子だ）

と、十津川は、思った。

女が、鞄を提げている。

道路に出たところで、川原は、女に背を向け、上野の駅に向かって、歩き出した。

女は、それをじっと見ていたが、ほっとしたように、鞄を持って、歩き出した。

そのときである。

十メートルほど離れた場所にとまっていたベンツが、猛烈な勢いで、彼女に向かって突進して行った。

「あッ」

と、亀井が叫び声をあげたときには、女の身体は、宙に舞いあがっていた。

「君たちは、あの車を追え。逃がすな！」

十津川は、運転席と助手席にいる西本と日下の二人に、大声でいってから、亀井と、車の外に飛び出した。

亀井は、駅に向かって川原を追いかけ、十津川は、道路に倒れている女の傍に駆け寄った。

血が、道路に流れ出していた。

池田章子は、ぴくりとも動かない。手首を握ってみたが、もう脈は打っていなかった。

心臓も、止まっている。それでも、十津川は、通りかかった男に、

「警察だ。救急車を呼んでくれ！」

と、怒鳴った。

男が、あわてて、公衆電話のあるほうへ駆けて行った。

倒れている章子の傍に、鞄と、ハンドバッグが転がっている。

鞄には、きっと札束が詰まっているのだろう。だが、いくら入っていても、死んでしまっては、どうしようもないではないか。

ハンドバッグは、口があいて、緑色の紙片が顔をのぞかせている。

十津川は、何だろうと思った。ハンドバッグごと拾いあげた。

切符だった。

二三時〇〇分上野発青森行の寝台特急「はくつる3号」の切符だった。

行く先は、八戸《はちのへ》になっている。

十津川は、白浜で殺された崎田の郷里が、東北だったことを思い出した。八戸だったのではあるまいか。

彼の郷里へ、章子が、何をしに行こうと思っていたのか、彼女が死んでしまった今になってはわからない。

だが、十津川は、彼女が、崎田を愛していた証拠と考えたかった。

川原は、上野駅の構内に逃げ込んだところを、追いついた亀井に逮捕された。彼は、紙袋に入った書類を持っていた。

新中央興業の不正輸出や、脱税の証拠となる書類である。

ベンツに乗った永江のほうは、百五十キロ近い猛スピードで逃げ回った。

日下が、無線で、周辺に非常線を張るよう頼んだ。

パトカー十二台が動員された。

追いつめられた永江は、ベンツを、北千住の先で、道端のガードレールにぶつけ、ようやく、逮捕された。

二人の逮捕で、わかったことが、いくつかあった。

その一つは、崎田の行動である。白浜で死ぬ前日の八月十九日、崎田は、大阪で旅館に一泊していた。

新中央興業で、崎田のかつての部下だった男の実家である。新中央興業にいるとき、崎田がずいぶん面倒を見てやった男だった。

池田章子が、新宮の親戚のところで一泊するというので、崎田も、十九日はその男の旅館に泊まることにしたのだろう。

だが、その男は、崎田が来たことを新中央興業に知らせたのだ。二十日に「くろしお8号」に乗るということも。

川原は、崎田が関西方面に逃げたらしいということで、永江を大阪に行かせていたが、すぐ、そのことを電話で知らせた。

だから、永江は、最初から、崎田が、二十日の「くろしお8号」に乗ることを知っていたのである。

崎田を裏切ったこの男は、おそらく、殺人幇助《ほうじょ》の疑いで逮捕されるだろう。

この作品は2007年5月双葉社より刊行されました。なお、本作品はフィクションであり実在の個人・団体などとは一切関係がありません。

徳間文庫

十津川警部捜査行

古都《こと》に殺意《さつい》の風《かぜ》が吹《ふ》く

2018年3月15日　初刷

著者　西《にし》村《むら》京《きょう》太《た》郎《ろう》

発行者　平野健一
発行所　株式会社徳間書店
東京都品川区上大崎三—一—一　〒141—8202
目黒セントラルスクエア
電話　編集〇三(五四〇三)四三四九
販売〇四八(四五一)五九六〇
振替　〇〇一四〇—〇—四四三九二
印刷　凸版印刷株式会社
製本　株式会社宮本製本所

ISBN978-4-19-894319-6　(乱丁、落丁本はお取りかえいたします)